Att härska

Jan Ulfberg har tidigare utgivit:

Kriminalroman: Makten eller livet, Vulkan, 2012

Allen R, Montplaisir J, **Ulfberg J.** Restless legs-current insights. Rafael 2002.
Allen R, Montplaisir J, **Ulfberg J.** Restless legs-new insights. Rafael 2003
Allen R, Montplaisir J, **Ulfberg J.** Restless legs – advanced insights. Circad 2008.

Böcker på svenska:

Ulfberg J. Restless legs- den okända folksjukdomen. Rafael, 2001
Ulfberg J, Sevborn S. Rastlösa ben – sömnlösa nätter. Bauer, 2006.
Ulfberg J. (Red.) Sömn 2009. Circad 2009.
Sevborn S, Alsfasser A, **Ulfberg J.** RLS 2009. Circad 2009.
Ulfberg J. (Red.) Sömn och sömnstörningar. Circad 2010.
Sevborn S, Alsfasser A, **Ulfberg J.** WED/RLS 2014 – allt du behöver veta. Circad 2014.
Sevborn S, Alsfasser A, **Ulfberg J.** Ett liv med rastlösa ben och dålig sömn. Circad 2016
Alsfasser A, Sevborn S, **Ulfberg J.** Livskvalitet trots rastlösa ben och dålig sömn. Circad 2018.

Att härska

Av Jan Ulfberg

Förlag: BoD – Books on Demand, Stockholm, Sverige
Tryck: BoD – Books on Demand, Norderstedt, Tyskland
ISBN: 978-91-8027-480-7

*Om Du som läser den här berättelsen upplever att
Du känner igen Dig själv eller någon i Din omgivning
så är det rena tillfälligheter.*

*Ingen av de personer som nämns i boken
finns eller har funnits.*

Kapitel 1

Corona och covid-19 var det årets mest kända och uttalade ord, utan någon som helst konkurrens. Bakgrunden känner vi ju alla. Många var drabbade av ett långt utdraget sjukdomsförlopp. För många andra blev covid-19 en virusinfektion som avslutade livet. Någon bot fanns inte, enbart lindring. Kanske utebliven tröst för anhöriga, som inte mot bakgrund av besöksförbud fick besöka sin anhörige i livets slutskede.

Olika typer av uteserveringar och samlingspunkter för människor drabbades av restriktioner. Mycket stängdes ned och försvann kanske för alltid. En våt filt låg över världen. Många upplevde pandemitiden som en «ökenvandring». En tråkig tid, som vi helst vill glömma och arbeta och planera framåt Tack och lov var det 52 år sedan världen drabbats av en pandemi, Hong-Kong, hette den, där det inte heller fanns något vaccin för att motverka.

Situationen för sjukvården var i stort sett likartad i hela landet. Antalet svårt sjuka i covid-19 sjukdomen var hög i samtliga av de 21 regionerna. Mycket av den vardagliga rutinsjukvården fick lämnas åt sidan.

Staten fick mycket kritik i en Corona-kommission, för att man inte skyddat de äldre bättre för covid-19 virusets framfart. Oppositionen hakade på och skyllde allt på regeringen. Ett sätt att skapa billiga politiska poänger.

Ute i kommunerna och regionerna härskade ju de partier som var de som eldade på mest. Men vadå, all vård av människor i landet utförs ju av kommunerna och regionerna! Vissa politiker som inte delade den här uppfattningen sa exempelvis att det var som om att göra självmål.

Planeringen av sjukvården i region Mellersta Götaland pågick dock som vanligt, visserligen på sparlåga, men ändå, man ville ju från politiskt håll fortsätta att i alla fall ge ett intryck av att man jobbade på med att leverera en sjukvård som man hade utlovat, då man gick till val för två år sedan.

Resultatet vid det senaste valet i region Mellersta Götaland hade skakat om det politiska etablissemanget och de människor som var intresserade av politik höjde på ögonbrynen. Efter 80 års maktinnehav för Socialliberalerna, Sl, i regionen, hade den politiska kartan ritats om, och så var situationen i många kommuner i landet, liksom i de olika regionerna.

Man pratade egentligen inte längre om höger eller vänster i politiken, utan det var mer förnuft än känslor som styrde människor att rösta i den ena eller andra riktningen. På lokal nivå gäller så kallat bondförnuft mer och inte minst förtroende för de politiker som ställer upp till val.

Socialliberalerna hade inte längre de 18 mandat i regionfullmäktige, som behövdes för att kunna bilda en egen majoritet mot bakgrund av de 35 mandat som var tillgängliga. Socialliberalerna fick 12 mandat i det senaste valet.

Socialliberalerna tvingades nu därför att söka samarbetspartner utanför den traditionella så kallade höger-vänsterskalan. I det här fallet saknades nu 6 mandat, för att ha förutsättningar att styra i majoritetsställning i region Mellersta Götaland de kommande 4 åren, eftersom minoriteten, vad den nu skulle komma att bestå av, då enbart skulle visa sig förfoga över 17 mandat.

Framstegspartiet, Fp, förfogade över tre mandat, Blå Höger, BH, två mandat, och Grön Framtid, GF, som förfogade över ett mandat var de tre partier som Socialliberalerna lyckades ingå en allians med de kommande fyra åren. Därmed hade den nybildade majoriteten 18 mandat, och därmed en tillräckligt stark ställning i regionens högsta politiska församling, regionfullmäktige.

De fyra partierna, som nu var maktbildande i regionen, kom egentligen från helt olika håll på så kallade höger-vänsterskalan, men det var ingenting som man vägde in i sin överenskommelse. Ledarna för Fp, Marianne Pettersson, och Arne Lilja i BH ville ha något för att «ställa upp för att rädda regionen från kaos», som man uttryckte sig inför media.

En följd av utspelen från Pettersson och Lilja blev att bägge fick regionrådsposter. Den inre maktstrukturen i region Mellersta Götaland bildade därmed en styrelse, bestod därmed av tre regionråd, med det nyblivna regionrådet Mårten Bergwall som ordförande.

Mårten Bergwall, Socialliberalerna, (Sl) var 58 år Han hade fungerat som kommunalråd, kommunstyrelsens ordförande i Västerbro under de senaste åren. Han var därmed den politiker som hade högsta rang i Västerbro.

Bergwall som även hade blivit vald till ordförande för Sl i region Mellersta Götaland, var en man, som hade jobbat intensivt under många år inom sitt parti. Tystlåten och kallsinnig. Vissa menade att han till och med var hänsynslös, med psykopatiska drag. Arrogant och raljant sa vissa. Osentimental. Men han ansågs också vara mycket duktig, energisk, påläst, och framför allt, han ansågs kunna ta för vissa obehagliga beslut, och stå upp för dem.

Bergwall var således ingen karismatisk, dynamisk politiker, men en person, som man ansåg sig behöva nu, när det blåste en kall vind över Västerbo. Det var det många som sa.

När det inför valet var dags för nomineringsmöte inför riksdags och regionval, debatterades de personer flitigt, som kandiderade.

– Bergwall är bra för oss, sa en samling personer med stort inflytande centralt i länet för Sl.

– Han går inte genom rutan så bra, televisionen alltså, tyckte några andra av mötesdeltagarna. Inte är han någon bra riksdagskandidat för folk lägger nog inte märke till honom, men i regionen tror vi han kan göra stor nytta.

Sagt och gjort, Bergwall hamnade högst på vallistan för Sl till regionvalet det året. Politiken i Västerbro, som var den största kommunen i region Mellersta Götaland, lämnade därmed Bergwall. Men han hade säkert kvar mycket inflytande ändå, han kände ju alla partivännerna inom Sl i Västerbro.

Några arbetade vid centralsjukhuset för region Mellersta Götaland, sedan många år tillbaka beläget i centrum av Västerbro. Några arbetade också som tjänstepersoner vid region-kansliet i Västerbro. Bergwall upplevde därmed att han hade god kontakt med vården, något som han snart skulle styra över de närmaste fyra åren.

Bergwall var gift med Yvonne. De hade 3 flickor tillsammans.

◻

Grön Framtid blev utan regionrådspost i den nya regionstyrelsen. De tre regionråden tyckte att det räckte med att « man hade mycket gott samarbete med Grön Framtid, och att det partiet med enbart ett mandat i regionfullmäktige inte förtjänade att styra regionen».

Grön Framtid, med Irma Micic, 25 år, som representant i regionfullmäktige, liksom företrädare inom partiet, hade accepterat den uppfattningen tidigare, men Irma började nu tveka. Visserligen stod man bakom Socialliberalerna sedan tidigare val. Partiet hade ungefär samma uppfattning i många viktiga frågor.

Man hade samma värderingsgrund helt enkelt, men Irma kände sig besviken över att ingen i de övriga tre samarbetspartierna ville lyssna på henne.

Vad partierna SL, Fp, BH och GF hade samlat sig bakom innan valet, det var att utöver regionsjukhuset i Västerbro, skulle även regionens andra sjukhus, Berglindet, utvecklas, «för att bereda befolkningen i regionen en högkvalitativ sjukvård». Ingenting skulle försämras i negativ riktning.

Det var enbart förbättringar och vårdutveckling som gällde, oavsett var man var bosatt i regionen. «Vårdkvaliteten skulle man inte tumma på under några som helst omständigheter. Patientsäkerheten skulle absolut inte hotas».

Kapitel 2

16 september 2020

Ett sammanträde för den innersta styrande kretsen i Region Mellersta Götaland

Ett sammanträde hade börjat vid niotiden på förmiddagen vid Region Mellersta Götalands kansli i Västerbro. Det var ett veckovis återkommande möten mellan de tre partier, som efter valet styrde regionen. Med på mötet var därmed politikerna Mårten Bergwall, SL, Arne Lilja, BH, Marianne Pettersson, Fp. De politiska sekreterarna för de tre partierna deltog också.

Sammanträdesrummet var sparsamt möblerat, inte alls egentligen. Vita gardiner vid de tre små fönstren, där man nu hade dragit ned persiennerna, så att någon utanför fönstren inte kunde få insyn. Den möjligheten var ändå begränsad. Sammanträdesrummet var beläget på 3e våningen av kanslibyggnaden. Ute var hösten i antågande, men några sommarblommor hade man ändå placerat i en enkel glasvas i mitten av bordet.

¤

Med på mötet var även regionens Hälso-och sjukvårdsdirektör, Gunnar Westerlund, som satt och knäppte på en reservoarpennapenna vid bordets ena ända.

Gunnar Westerlund, var läkare i botten, som man brukar säga, men det var inte mer med den saken. Uppvuxen på Gotland. Intresserade sig för biologi och människokroppens funktioner. Dåliga studentbetyg. Läste därför medicin i Ungern. Hamnade efter hemkomsten till Sverige på ett mindre landsortssjukhus och utbildade sig där till psykiatriker. Han kände snart att detta med att ständigt hålla sig uppdaterad kring medicinska nyheter och dagarna i ända aktivt lyssna på patienterna, det var inte hans grej. Han gjorde därför en karriär inom facket, Läkarförbundet och sedan SACO i den region han då var bosatt i.

Ledningen uppmärksammade honom som en duktig vältalig förhandlare, och snart rekryterades Westerlund till posten som biträdande sjukvårdsdirektör i den region han då var bosatt. Snart blev det dock gnissel. Westerlund hade svårt att kommunicera ut till befolkningen vad regionledningen ville. Ledande politiker i den regionen var missnöjda med Westerlund. Men det ordnade man vid ett möte med Sveriges Kommuner och Regioner (SKR), en organisation inom vilken alla toppolitiker inom landets sjukvård känner varandra väl.

Regionrådet Bergwall, som var med på ett möte vid SKR, ställde en fråga till sina kolleger. Hade någon region en person i sin ledning man ville rekommendera till Hälso- och sjukvårdsdirektör i region Mellersta Götaland? Javisst, där kom Westerlunds namn upp. Han fick ett bra betyg av sin dåvarande arbetsgivare. Ett traditionellt välkänt sätt att bli av med medarbetare man inte ville ha kvar i sin organisation.

Westerlund satt tyst länge, medan de övriga runt bordet pratade om vad som senast hade rapporterats kring pandemin. Sedan tog han till orda.

– Jo, skall vi verkligen behöva ha två fullfjädrade sjukhus här i vår region?

Alla andra runt bordet satt tysta. Bergwall var den som fortsatte samtalet.

– Gunnar, vad menar du? Det har vi väl råd med om vi vill, eller i och för sig, om du kan komma på något att dra med på budgeten, så vore det ju bra.

Primärvården skall vi ju satsa på har vi sagt, och då blir det mindre pengar till de bägge sjukhusen. Men egentligen är det här ett dilemma, för folk i allmänhet har ju väldiga krav i dag på vård, dom tycker att det är jättebra att vi har många vårdcentraler med korta väntetider, men blir folk själva sjuka, då vill de minsann komma till regionsjukhuset och där helst träffa en superspecialist!

Dessutom har ju regionen lagt ned två lasarett här i regionen under de senaste trettio åren, och du vet ju vilket väsen det blir bland lokalbefolkningen!

Gunnar Westerlund fortsatte efter några sekunders tystnad.

– Ja, men det måste vi ju försöka klara. Vi vet ju att det bor relativt få personer i Berglindets kommun och de två mindre kommunerna, runt omkring, som åker till Berglindet då de behöver sjukvård och deras vårdcentraler inte räcker till.

Ni kanske inte har sett de dokument som kommit fram från olika håll under de senaste åren, från Socialstyrelsen, SBU, Socialdepartement, Sveriges kommuner och regioner. Det är aldrig några politiker centralt i landet som opponerar sig mot att man centraliserar specialistsjukvården! Att vi lägger ned kirurgin vid Berglindets sjukhus tycker jag därför är en självklarhet, eftersom efterfrågan på kirurgiska åtgärder minskat betydligt i landet.

Exempelvis opererar man inte magsår längre. Sedan magsårsmedicinen som Losec kom för trettio år sedan har det ju skett en revolution på området. Innan dess kom det ju in massvis med patienter med blödande magsår på kirurgavdelningarna som efter en tid fick en bit av magsäcken bortopererad. Det ser vi inte nu. Visserligen opererar man övervikt i

Berglindet, men det sker ju i dagkirurgi och det vore ju lätt att flytta den typen av operationer hit till Västerbros sjukhus.

Så vad väntar ni politiker på!? Det är ju val om två år, och skall vi orka ro en sådan här förändring i land, så måste det ske nu snarast. Det kommer att bli ett jävla liv från befolkningen upp i Berglindet, javisst, men det är ju ändå en mindre del av väljarna, som dräneras åt det hållet. Det kommer inte att betyda så mycket. Dessutom är ju en nyhet en färskvara. Många har hunnit glömma då valet kommer!

Mårten Bergwall satt tyst en stund, men var den av de tre politikerna som fortsatte samtalet.

– Ja, det ligger nog en del i vad du säger Gunnar, jag tror kanske du har rätt i att det i alla fall högt upp i vårt parti, där har man den uppfattningen. Egentligen är det ju en genial idé.

Vi kan nog säga att vi vill spara minst 10 miljoner!? Eller vad säger du Marianne!?

Marianne Pettersson, Fp, hade varit tyst ganska länge. Hon satt vid ena bordsändan, mitt emot Mårten Bergwall. Det var inte så svårt att inte iaktta att bägge kastade blickar mot varandra, även om ingenting sades mellan dem.

Marianne Pettersson, som hade hunnit bli 56 år och hade länge arbetat inom Framstegspartiet, (Fp) i Västerbro. Marianne var frånskild. Hon hade 2 vuxna döttrar.

Tre gånger kandiderade Marianne om den plats i riksdagen, som brukade tillfalla Framstegspartiet i Mellersta Götaland, men hamnade aldrig högre än på tredje plats på valsedeln. Marianne lyckades dessutom inte att bli inkryssad, trots att hon under flera år gjorde allt hon kunde för att uppmärksammas av lokaltidningen Västerbro-kuriren.

Ett antal reportage kring henne blev det i och för sig genom åren. Marianne visste ju att om man skulle nå framgång som exempelvis kulturarbetare, artist, eller politiker, att vara beroende av andra människors omdömen, då gällde det att synas. Då gällde det att ha ett speciellt så kallat driv. Marianne såg därför till att media fanns med, då hon ofta besökte förskolan i Västerbro för studiebesök .

Marianne hade från vuxen ålder aldrig varit intresserad av fotboll, men sedan att hon börjat med politiken var hon åskådare då Västerbros fotbollsklubb spelade en viktig seriematch, och såg till att hon syntes framför någon av massmedias kameror. Om någon demonstration för någon minoritetsgrupps rättigheter var aktuell, så var Marianne genast där. Men Marianne tröttnade efter några år, då hon upptäckte att människor läste dagstidningarna mindre och mindre.

Mina möjligheter att nå Sveriges riksdag är nog små. Enda möjligheten är om jag blir partiledare, tänkte Marianne. Marianne visste att det gällde att «lägga huvudet mot marken» och gå in och debattera aktuella frågor, bland annat på Facebook. *Det gäller att ta plats, ofta före andra människor* var något Marianne visste hon måste göra. Det viktiga var att nå partimedlemmar i alla fall.

Marianne blev då givetvis mycket aktiv «på nätet», som man uttrycket det. Förebilden var ju bland annat förre amerikanske presidenten Trump, och dennes dagliga budskap på Twitter, som han givetvis själv inte hade tid att skriva, utan order gavs till underhuggare. Då kunde det bli väldigt fel ibland. Men vad gör det. *«Det gäller ju att synas»*. Marianne försökte följa samma mönster på Facebook. Nästan dagliga budskap var en ambition.

Men omgivningen, vännerna på Facebook, var inte imponerade. De tyckte det var för tunt. Antal «likes» minskade månad för månad. Marianne försökte också med att lägga ut bilder och text på Intagram. Så gjorde alla kändisar och alla andra som ville bli mer kända. Men ingenting hjälpte. Birgittas parti i regionen ville annat. Första platsen på regionens valsedel erbjöd man.

Marianne Pettersson sade utan någon kort stunds tvekan. Hon verkade övertygad.

– Ja, absolut, som vanligt har du rätt Mårten i dina analyser! Du är ju väldigt väl genomtänkt innan du säger något. Det här har du nog funderat på länge och det är nog både du och Gunnar som funderat igenom den här förändringen! Jag kommer inte att ha något problem med att övertyga mina partivänner om den här frågan.

De flesta är bosatta i Västerbro kommun, och bryr sig nog inte så mycket om vad som händer på landsbygden här i länet. Här i Västerbro och kommunerna som hör hit bor det cirka tvåhundrafemtio tusen personer och i och runt Berglindet cirka sextio tusen, så vi har inte några problem här. Vi får ta en diskussion med våra partikollegor i Berglindet givetvis, men de är säkert måna om sina platser i regionfullmäktige också.

Nu hade turen att ta till orda kommit till den tredje politikern runt bordet, regionrådet Arne Lilja, BH.

Arne Lilja, Blå Höger, var sedan flera år den ledande politikern för sitt parti i region Mellersta Götaland. Partiets värdegrund var konservativ, på högerkanten sa men förr i tiden, men numera hade detta med vänster-högerskala i svensk politik ju suddats ut

Han hade tidigt intresserad sig för politik. Det var under studentåren i Uppsala. Arne läste sociologi och biologi där, men studierna blev lidande av att han intresserade sig mer för vad som skedde i den politiska studentföreningen, som tog mer energi och tid. Någon akademisk examen blev det följaktligen inte. Däremot hade Arne upparbetat många fruktbara kontakter inom partiapparaten, och fick erbjudande om ett jobb som talskrivare, knuten till BHs riksdagsgrupp.

Det fanns gott om uppgifter, Blå Höger var det största partiet i landet på den tiden, man innehade regeringsmakten under långa perioder. Men Arne togs inte upp inom partiets högsta skikt, han lyckades inte med att knyta de mest fruktbara kontakterna. Däremot tyckte man allmänt inom partiledningen med partiledaren i spetsen, att Arne nog skulle göra bra nytta för BH lokalt inom den region han kom ifrån. Sagt och gjort. Arne flyttade hem till Västerbro för 20 år sedan och stod snart på valbar plats till regionfullmäktige.

– Nej, det här dumma förslaget går jag absolut inte med på! Det är ju helt fel tänkt! Ingenting talar för att vi skall centralisera kirurgin i regionen. De kirurger som jobbar uppe på Berglindets sjukhus anses ju vara väldigt kompetenta. Kirurgin på Berglindet har ju fått höga omdömen, när det varit nationella mätningar av deras kvalitet på operationerna.

Överläkaren och docenten Dag Svensson, exempelvis, anses vara en internationellt känd superexpert på magsäcksförminskningar av överviktiga. Patienterna har gett den allmänna kirurgin höga omdömen vid olika mätningar. Personaltrivseln vet vi ju är högre än här på regionsjukhuset i Västerbro enligt våra mätningar! AT-läkarna har skattat Berglindets kirurgi vad gäller handledningen, som landets bästa flera år i rad!

Och inte kommer vi att tjäna på det här förslaget ekonomiskt heller! Kostnaden för kirurgin i Berglindet kommer givetvis att flyta upp här i Västerbro, för patienterna som bor där uppe, måste ju komma hit i stället! För att inte tala om vad alla ambulanstransporter kommer att kosta!

Dessutom, vad som är väldigt negativt för människorna och företagen i Berglindet, det är ju att flyttar sjukvårdspersonal vid Berglindet hit ned till Västerbro, kommer ett antal av deras närstående att flytta med.

Ja, men de kan ju pendla kommer ni att säga. Men det är ju fem mil, det är både dyrt och farligt när det är vinterväglag i alla fall. Riksvägen de fem milen upp till Berglindet är dessutom i dåligt skick. Det sker mycket olyckor där. Sedan är det ju åtta mil från Berglindet fram till regiongränsen! Era förslag kommer då att innebära att vissa akuta kirurgfall måste åka tretton mil med ambulans innan de är framme!

Befolkningen där uppe minskar. Företag och handeln kommer att gå sämre. Sedan är det ju ett negativt signalvärde för sjukhusets framtida existens. Man sätter dominobrickor i rullning, och snart är allt borta. Det blir precis som det har fungerat vid en massa andra sjukhus här i landet. Man tar en bit i taget, man börjar alltid med BB. Sedan följer kirurgin, och därefter följer alla andra specialistavdelningar man har kvar på ett mindre lasarett.

En stor vårdcentral som inte går att bemanna kommer att finnas kvar. Allmänläkare i alla fall, vill helst jobba på mindre vårdcentraler, de kommer närmare patienterna där.

Och några pengar spar man ju inte. Den svenska sjukvården har ju blivit dyrare och dyrare.

Nej, återigen, släng det förslaget i papperskorgen!

Mårten Bergwall replikerade.

– Nejmen, Arne, du har ju aldrig kommit med såna brösttoner förut kring patientomhändertagande! Kan det vara så att du värnar om dina väljare i Berglindet? Ni fick ju många röster där vid senaste valet!

Arne Lilja svarade inte på det angreppet, utan fortsatte.

– Jag värnar absolut om liv och död hos innevånarna i Berglindet, och om man har en bra sjukvård så kan man ju lindra döendet och skjuta fram det i tiden när det till slut obönhörligt sker!

– Det kanske är lika bra då att vi skiljs åt, replikerade Mårten Bergwall och fortsatte.

– Det är ju inte Du, utan ditt parti, som egentligen sitter här i regionledningen, och passar inte galoscherna så avgår du från regionrådsuppdraget. Det är ju dessutom välbetalt, som du har märkt. Du ta upp en diskussion med din partigrupp och lyssna på dem. Jag känner flera av dem i Blå Höger här i Västerbro.

– OK, replikerade Lilja efter en stunds eftertanke.

– Jag ringer runt i kväll till de som sitter i Blå Höger i länets partistyrelse, så kanske vi kan mötas i morgon och prata vidare!?

Mårten Bergwall återkom och sade att han också skulle förankra sina planer i sitt läns partistyrelse.

– Vi måste be oppositionsrådet Jonas Johansson att komma med i morgon, så att vi kan informera honom kring vad som är på gång.

Sällskapet skiljdes åt.

◻

17 september

På förmiddagen vid niotiden möttes Mårten Bergwall, Marianne Pettersson och Arne Lilja i samma sammanträdesrum som under gårdagen. Det var en gråmulen morgon. Inget regn, men dimmigt och fuktigt i luften utomhus.

Stämningen i sammanträdesrummet var inte den bästa. Bergwall inledde samtalet.

– Jag tog kontakt med mina partivänner här i regionen i går kväll. De flesta är överens om att vi bör lägga ned kirurgin i Berglindet.

– Var det ingen som opponerade sig, replikerade Lilja.

– Jo, det fanns en del som tyckte annorlunda. Det kom från dom som bor i mindre kommuner och framför allt de som bor i närheten av Berglindet, men man får ju alltid räkna med bypolitik och särintressen i de här sammanhangen, det var i stort sett alla vi andra överens om, att det tar vi inte hänsyn till.

Lilja fortsatte.

– Ja, men inom ditt parti sa ni ju i valrörelsen, att hela regionen, även livet utanför Västerbro, skall leva och utvecklas, och att ha ett fullfjädrat lasarett i Berglindet är ju en del i det!

Bergwall svarade inte på det angreppet, men Marianne Pettersson inflikade medan hon kastade blickar mot Bergwall.

– Ja, inom vårt parti har vi i alla fall samma uppfattning. Jag kontaktade vårt partis regionordförande i går kväll. Han var positiv och skulle återkomma om han hade kommit i kontakt med någon som hade avvikande åsikt, men han återkom inte. Och du Lilja, jag tror inte du har så många bakom dig i den här frågan, och är det så att du går emot dina partivänner här i Västerbro, då kan du ju glömma att du blir nominerad till riksdagen 2022! Vad har du att komma med i så fall!?

Lilja blev sittande stilla en stund, och sade sedan.

– Det här har gått litet för snabbt egentligen, men vi får köra på den här linjen ett tag till, så får vi se vad folk säger vid regionstyrelsens möte, när frågan kommer fram dit. Det mötet blir ju ganska snart. Men först måste vi prata med Jonas Johansson, och sedan med facken. Än så länge har jag inte sagt något.

¤

Bergwall ringde på interntelefonen till regionens oppositionsråd Jonas Johansson, Centrumpartiet, som fanns i samma korridor på regionens kansli.

Jonas Johansson, Centrumpartiet, (Cp), var 40 år Han var oppositionsråd i Region Mellersta Götaland, och var den som var företrädare för de partier som inte hade någon politisk makt i regionen. Det förväntades däremot att när någon viktig fråga kom upp, ja, då var det Johansson man menade skulle uttala sig, och det högljutt i media.

Jonas Johansson hade varit överviktig sedan tidig barndom. Det finns i släkten menade bägge föräldrarna, som båda var överviktiga, liksom de två äldre syskonen. Men frågan är om den förklaringen är hela sanningen? Matvanorna var nog inte så lämpliga inom familjen, det skulle i alla fall en kostexpert tycka. Med tiden blev Jonas helt enkelt fet. Body Mass index (BMI) uppgick till 37, baserat på Jonas' längd 180 cm och vikten på 120 kg.

Johansson knackade på dörren, och stängde den snabbt efter sig. Man kunde läsa av en oro i Johanssons kroppsspråk.

– Vad är på gång nu då, så här kort tid för inkallelse inför möten brukar ni ju inte använda! Är det något som hastar?

Bergwall skruvade på sig och sa med långsam röst.

– Jo, det är ju så att vi måste spara, det vet du ju, våran kostym är för stor helt enkelt, och man vet ju att behovet av akut kirurgi minskar i hela landet. Vi behöver inte de resurser vi har i dag inom regionen på den allmänna kirurgins område, så det är det ju naturligast att vi lägger ned kirurgin vid Berglindet!

Jonas Johansson satt tyst en halv minut. Han brukade vara snabb i sina repliker och mer pratsam, men svarade sedan och vände sig till de tre regionråden runt bordet.

– Ja men fan menar ni, det här är ju en väldigt stor förändring. Ni måste inse vad det innebär för befolkningen utanför Västerbro, som åker till Berglindet då de är sjuka! Det är ju snart val igen, så det kommer att kosta er en hel del! Ni har i och för sig en stark majoritet i fullmäktige, men ni tar nog risken att förlora röster. Ni har säkert räknat på det här och vet ju att ni säkert kommer att behålla jobbet.

Skillnad är det med alla de sjukvårdsanställda vid Berglindets sjukhus, för det kommer nu inte att stanna med det här. BB tog ni ju för några år sedan, och om det här förslaget går igenom, så rullar dominobrickorna bara vidare. Nästa steg blir väl röntgen, intensiven, psykiatrin och så vidare där uppe!

För att inte tala om att folk i allmänhet flyttar, de som kan vill säga. Inga flyttar in. Företag läggs ned. Kvar blir väl någon typ av fädbod att åka till för Västerbro-borna under ledigheter.

Men, jag är överviktig som ni vet. Jag sökte därför Västerbros store kirurg sedan många år, Dag Svensson, för att be honom att göra en överviktsoperaration. Men det blev nobben direkt, trots att jag påpekade att jag var oppositionsråd här i regionen. Svensson viftade bort vad jag sa, och han var snabb att påpeka att det här var något han behärskade till fullo.

Jag fick veta av honom, att han, Dag Svensson är en av de absolut främsta här i landet på den här typen av kirurgi, och att han mot bakgrund av den forskning han bedrivit på magoperationsområdet under många år, var en stor internationell expert, och att han ofta fick inbjudningar att komma för att prata vid olika kongresser i sammanhanget. USA, Japan, Kina nämnde han som exempel. Nej, mitt BMI var för lågt, det skall vara över 40 om Svensson skall operera mig.

Samtidigt var han hygglig att säga, att det var inte så mycket jag kunde göra själv, för han hade själv genom sin forskning konstaterat att vi människor utsöndrar en medfödd halt av hormoner, jag tror de heter leptin och ghrelin, och de hormonerna styr vår aptit och mättnadskänsla. Vi har ingen egen kontroll över de här hormonerna genom vår vilja. Vi lever ju i ett land där mat är tillgänglig att köpa dygnet runt.

Så vad skall man göra då? Dag Svensson verkar inte tro på bantning, utan kirurgi skulle vara enda lösningen på överviktsproblem. Men mig sa han blankt nej till. Ganska trist attityd alltså. Så det är bättre att man lägger ned all kirurgi i Berglindet och flyttar det som behövs hit till Västerbro. Svensson kan vi vara utan. Han är 68 år nu, så han har nog gjort sitt vad gäller att skära i folk!

De tre regionråden satt tysta, förundrade. Bergwall fortsatte.

– Ja, då blir nästa steg att vi formulerar vårt förslag och lämnar till facken för att vi skall hinna med allt till nästa regionstyrelsemöte. Det svåra är väl att motivera för väljarna och folk som kommer att protestera i olika sammanhang i media, varför detta sker just nu!? Men vi kommer väl att spara en del pengar på förändringen. Det visar att vi månar om skattebetalarna.

Westerlund kommenterade.

– Ja, vi har redan räknat på det. Bergwall, det stämmer, det rör sig om cirka 10 miljoner. Och då har vi räknat in att det blir en del nya kostnader vid kirurgin i Västerbro, och dessutom längre ambulanstransporter. Å andra sidan kan jag ju säga «off record» att ett okänt antal patienter hinner att avlida, eftersom de inte når fram till Västerbro. De åker ju inte in till eller förbi Berglindet, så det kommer att ta extra tid innan kanske livräddande åtgärder kan sättas in.

Alla närvarande i rummet satt stilla och tittade på varandra. Det blev inga mer kommentarer. Man hade kanske hoppats på en högre summa, som hade varit lättare att kommunicera ut till befolkningen, mot bakgrund av att regionens budget handlade om ett antal miljarder.

Mötet avslutades, men Jonas Johansson satt kvar på rummet tillsammans med Bergwall.

Jonas Johansson fortsatte.

– Jag måste ta det här med de andra två partierna inom oppositionen, Liberaldemokraterna och Regionpartiet. Men det blir inte helt lätt. Jag tror inte att jag lyckas övertyga dem om den här förändringen, men de partierna är i och för sig så små, så de har ju ingenting att säga till om. Men kaxiga är dom, och inom Liberaldemokraterna finns ju deras politiska sekreterare Veronika Laforsen, som inte förstår att hon ju bara är sekreterare, och skall inte lägga sig i politiken, men det gör hon hela tiden.

Bland annat tycker hon att vi är för dåliga att ta hand om missbrukare här i regionen, men brukar säga, med glimten i ögat, och det skall hon ha kred för, att jag som är överviktig, att jag som är matmissbrukare, jag måste får hjälp av samhället. Men det får jag ju inte. Jag får ju ingen operation.

Bergwall inflikade.

– Ja, men det är ju inte det hon menar, utan du skall givetvis banta på egen hand, och klarar du inte det, så har vi ju duktiga dietister på vårdcentralerna, som du kan söka.

Jonas Johansson var inte sen att svara.

– Du Bergwall, du röker ju i stället mycket, så du är nikotinmissbrukare enligt Laforsens definition, så du måste också få mer hjälp sluta med cigarettrökandet. Det ser ju absolut inte bra ut, eftersom du den högst ansvarige politikern här i regionen. Du borde inte vara nikotinmissbrukare. En del röster tappar du givetvis, men du kanske tycker att du har råd med det!?

– Ja, kanske det, jag är inte rädd för väljarna, men visst, jag förnekar inte att cigarettrökning är skadligt för hälsan, men hellre det än något annat missbruk, som exempelvis matmissbruk, som du har hamnat i sedan flera år.

Jonas Johansson hade nu blivit trött på samtalet. Han ställde sig upp och rakryggad och med en stel min lämnade han rummet.

Kapitel 3

En morgonfika på akutmottagningen vid Berglindets sjukhus den 23 september

Läkarna Dag Svensson och Johan Berntson satt länge kvar i akutmottagningens fikarum på morgonen. Här träffades man ofta på morgonen för att gå igenom nattens händelser.

Johan Berntson, var överläkare vid medicinkliniken. Han hade ganska snart efter att han börjat tjänstgöra vid medicinkliniken, Berglindets sjukhus, utsetts till Läkarförbundets lokale representant. Uppdraget hade nu pågått i fyra år. Inom regionledningen såg man sig om efter en ny chefläkare vid Berglindets sjukhus.

Johan visste att han fanns med bland de som var föreslagna för det uppdraget, för han var ju väl insatt i vad som hände vid sjukhuset och i Region Mellersta Götaland.

Det största ärendet han hade handlagt under de senaste åren var överflyttningen av chefskapet för hans egen klinik, medicin, till klinikchefen för medicinkliniken i Västerbro. Samma process hade skett inom de opererande specialiteterna, allmän kirurgi, gynekologi och ortopedi. Samma sak där. Västerbro sjukhus blev organisatoriskt centrum. Chefen fanns där.

Vårdförbundet och LO-förbundet kommunal vid Berglindets sjukhus hade protesterat mot förändringen. Man menade att en centralisering av klinikernas administrativa funktioner, skull innebära, att chefen inte hade daglig kontakt med vad som hände i Berglindet. Dessutom, vid eventuella kommande besparingstider, skulle inte Berglindet gynnas. Det framfördes farhågor att man skulle bli «styvmoderligt behandlad».

Men inga protester hjälpte. Det blev så att Berglindets sjukhus styrning, den bedrevs från Västerbro. Johan Bengtsson tillhörde inte de som kritiserade förändringen. Han var genomgående tyst. Läkarförbundet centralt i regionen, med säte i Västerbro, hade heller inget att invända.

¤

Dag och Johan var ensamma och kunde prata ostört med varandra. Ingen annan hörde. Vanligtvis fanns det ju «öron» i fikarummen på sjukhuset, som gärna ville lyssna på hur sjukhusets doktorer såg på livet i allmänhet. Regionens och sjukhusets situation var ju ofta ett centralt samtalsämne. Det var ju åter en turbulent tid, det fanns en del rykten att man diskuterade sjukhusets framtid inom regionens förvaltning.

Flera mindre sjukhus i landet var nedlagda under den senaste trettio års perioden. Man ville även gärna snappa åt sig något kring doktorernas privatliv.

Dag Svensson började prata. Dag var 68 år, kirurgöverläkare, och hade under hela sin tid som specialist i kirurgi varit verksam som kirurg vid Berglindets sjukhus.

Innan Dag började arbeta kliniskt som kirurg var han forskare, medicine doktor vid Uppsala Universitet, där han även utnämndes till docent. Dag Svensson upplevde att den akademiska världen var «trång och obarmhärtig» för den som inte hade vassa armbågar, som han uttryckte det. Landsortssjukhuset i Berglindet och dess kirurgklinik kom att bli plattform i det fortsatta livet.

Efter några år som överläkare vid Berglindets kirurgklinik hade man inom sjukhusledningen upptäckt Dags förmåga att inte enbart utföra ett bra kirurgarbete. Man såg även att Dag hade goda ledaregenskaper. Han kunde knyta duktiga

28

och erfarna läkare och sköterskor till kliniken. Det var allmänt omvittnat även i kirurgkretsar utanför Region Mellersta Götaland.

Dag Svensson intresserade sig framför allt för kirurgi på magsäcken hos överviktiga patienter. Ett komplicerat ingrepp, som krävde stor träning och erfarenhet inom området. Dag utförde även forskning inom området «magsäckskirurgi vid obesitas». Ett stort antal forskningsrapporter blev publicerade i välrenommerade internationella tidskrifter som exempelvis Lancet.

Dag Svensson var snart landets största namn inom den här typen av kirurgi. Han blev återkommande tillfrågad att hålla föredrag om sin forskning vid internationella kirurgiska kongresser.

Dag hade nu efter att ha uppnått 68 års ålder inte möjlighet att fortfarande vara fast anställd. Men eftersom Berglindets sjukhus uppskattade Dags arbete i hög grad, arbetade Dag kvar som ständig vikaricrande överläkare på heltid.

Regionen hade visserligen nyligen förflyttat ledningen för de kirurgiska specialiteterna och skapat en gemensam länsklinik, som hade sitt kontor och chef vid regionens centralsjukhus i Västerbro. Man var där angelägen att Dag stannade kvar där han var, men Dag Svensson var kritisk till att regionen hade flyttat ledningen av hans arbetsplats, ett engagemang som skulle komma att kosta.

Dag inledde samtalet.

– Jo, du Johan, jag har ofta funderat på hur du har det med kvinnor. Alla här vet ju att du varit gift två gånger, och varit sambo med minst tre sköterskor eller andra anställda här. Du har ju flera barn med dem. Det går mycket rykten också, att du ofta stöter på nyanställda sköterskor och AT-läkare. Har du inte hört talas om metoo, som var så aktuellt för tre år sedan!

Johan Berntson hade nu kvicknat till något efter att ha druckit två koppar kaffe, och tuggat i sig en ostsmörgås.

– Ja, jag vet. Jag har själv funderat på varför jag är som jag är. Det måste vara genetiskt på något sätt. Det finns i människans DNA ett beteende som vi haft i oss sedan flera hundra tusen år tillbaka, och säkert långt innan vår art kom till. Det har nog ett överlevnadsvärde. För i gamla tider gällde det ju att skaffa så många barn som möjligt. För många överlevde ju enbart några år. Som det har blivit, så är det kanske det nya normala sättet att leva i förhållanden. På vikingatiden och tiden fram till dess levde man ju i stora bostäder, inte i några fastare förhållanden, utan man låg med olika, och barnen tog man ett gemensamt ansvar för.

För 900 år sedan kom kristendomen in i våra liv, och det vet ju alla vad religionens påbud betyder för oss. Jag menar giftermål och bildande av kärnfamiljer.

Har du inte sett filmen «Jultomten är far till alla barnen» som brukar visas på julafton, litet sent på kvällen, efter julklappsutdelning och julsupé. De större barnen sitter säkert fortfarande uppe. Vad ska de få för intryck. Kärnfamiljen är ju det som man alltid hyllat vid julen!

Numera är allt förändrat. Annat var det på 1960-talet då jag växte upp. Ta exempelvis vad som hänt inom media. Det fanns bara en TV-kanal från 1958 och framåt ganska många år, Sveriges Television. Nu finns det väl en 35-40 kanaler som är svenska eller textade till svenska. Sedan kommer ju alla dags- och veckotidningar, radiokanaler, «play» och alla andra satellitkanaler och filmkanaler som Netflix, Amazon och HBO. För att inte tala om Internet, poddar, bloggar, influencers och sociala medier. Det finns ju hur mycket som helst! Det är sällan man hör någon som har sett på samma program som en själv.

Hylands Hörna, det följde hela svenska folket på lördagskvällarna under hela sexiotalet. Säkert 4-5 miljoner av de 7 miljoner människor som fanns här i landet på den tiden. Därför hade i stort sett hela svenska folket sett skådespelaren Pär Oscarsson, då han klädde av sig i bara kalsongerna i direktsändning, en juldagskväll i början på 60-talet.

Det är fortfarande en snackis bland oss som var med då och såg programmet. Jag kommer till och med ihåg att Oscarsson hade ganska långa randiga kalsonger på sig. Något mer än så var det inte den gången, men det uppfattades av många som en skandal av den dåtida superkändisen Lennart Hyland att släppa fram detta. Om någon i dag strippar av sig helt naken i TV i dag, möts det knappast med annat än en gäspning!

Allt det här trycket i media och egna krav och förväntningar du har att följa med och skriva något på Facebook, Instagram eller Twitter, kanske varje dag, gör att du får svårt att får tiden att räcka till vad gäller familj, arbete och egna intressen. Det skapar en stress. Inte undra på att vi som bor i rika industriländer som Sverige mår då dåligt psykiskt, trots att vi aldrig haft så mycket fritid och god ekonomi om man jämför med bara vår föräldrageneration!

Det sägs att cirka en miljon svenskar tar antidepressiv medicin dagligen! Vart tar det här vägen?

Förresten, du har väl om hört det senaste, det som står i dag i Västerbro-kuriren, att regionen föreslår att lägga ned kirurgin här vid Berglindet!?

Dag Svensson blev alldeles vit i ansiktet, satte ned en nästan tömd kaffekopp på bordet och replikerade sedan.

– Men vad fan är det du säger! Jag har inte hunnit läsa tidningen i dag.

Johan Berntson fortsatte.

– Jo, den här diskussionen har pågått en tid, jag har ju känt till det via facket. De säger att de därmed sparar tio miljoner kronor per år i vår region. Vårt centrala fack, Läkarförbundet i Västerbro har inga invändningar, så där har jag ingenting att komma med. Chefen för kirurgin i regionen har svarat att det borde går bra.

Majoriteten i regionstyrelsen är överens, och den starkaste oppositionspolitikern, Jonas Johansson, tycker också att det är OK. Det verkar som att förslaget från början kommer från Hälso- och sjukvårdsdirektören, Westerlund du vet. Han är i och för sig psykiatriker, så han vet väl ingenting om kirurgi. Dessutom är det väl länge sedan, som han tröttande på sjuka människor.

– Den där fettknoppen Johansson, vad har han att komma med i det här sammanhanget. Han vet ju ingenting om sjukvård, och det vet ju inte de andra politikerna i regionen heller, replikerade Dag Svensson ilsket, och fortsatte,

– Fy fan, vad gör vi nu?

¤

Det började nu samlas fler personer i fikarummet, flera av akutmottagningens sköterskor och några jourläkare. Stämningen var upprörd. Tonläget var högt. Alla visste nu att regionens högsta politiska ledning inför det stundande regionstyrelsemötet hade ett förslag, som gick ut på att kirurgin skulle stängas vid Berglindets sjukhus.

En av sjuksköterskorna ropade högt så att alla församlade hörde.

– Du Dag, du är ju van att skriva, kan inte du författa ihop en insändare till Västerbrokuriren!

Dag Svensson satt tyst ganska länge nu innan han svarade.

– Javisst. Jag fixar det i kväll. Vi försöker få med så många som möjligt här på sjukhuset. Jag kommer med artikeln i morgon och går runt, så får de skriva på som vill. Givetvis skall vi ha våra namn med, signaturer är det inte tal om.

Jag ringer till tidningens redaktion också, och vi kan ju hoppas på att de kommer hit och intervjuar. Jag kan ringa till lokal-TV och lokalradion också. Jag känner ganska många företagare här i Berglindet, de ställer säkert upp också med protester!

Tio miljoner, det är ju felräkningspengar i en budget på flera miljarder. Det måste finnas någonting mer bakom det här idiotiska förslaget, och det måste politikerna tala om för oss. De måste ut med språket vad de egentligen menar. Några dimråder kan vi ju inte acceptera.

Alla som församlade började nu resa på sig, och var och en gick molokna och sammanbitna ur rummet för att försöka ta tag i förmiddagens arbetsuppgifter. Men någon uppgivenhet kunde man inte skönja hos någon.

Kapitel 4

Dag Svensson hade inom några få dagar lyckats nå ett stort antal av de anställda vid Berglindets sjukhus, läkare och sköterskor från olika avdelningar. Sjukhuset var ju litet, det var lätt att komma i kontakt med många som var berörda av förslaget kring hur man skulle gå vidare med olika typer av protester mot nedläggning av kirurgin vid sjukhuset.

Ett möte hade snabbt utannonserats att äga rum i sjukhusets matsal strax efter att dagens mottagningsverksamheter och planerade operationer var avklarade.

Vid mötet fanns utöver Dag även samtliga överläkare i kirurgi vid sjukhuset. Övriga kliniker var litet mer glest representerade, bland annat var det få av läkarna vid medicinkliniken som anslöt sig. Johan Berntson fanns med. Han deklarerade tidigt på mötet att han som facklig representant för Läkarförbundet på sjukhuset hade jobbat för att läkarfacket centralt i regionen skulle protestera mot nedläggningen. Men det hade man inte gjort menade han.

– Därför är det bäst att jag försöker hålla en så god ton som möjligt mot vår platschef, Cecilia Andersson, så att en dialog kan hållas uppe, upprepade Berntson vid flera tillfällen under mötet.

Ingen ville lyssna på vad Berntson sade, utan man bestämde sig för att bilda en lokal ledningsgrupp, med uppgift att samordna protesterna. Gruppen bestod av Dag Svensson, intensivvårdssjuksköterskan Anna Nord och AT-underläkaren på medicinkliniken, Ralf Birgersson.

Man beslöt att sända iväg en debattartikel, där i första hand de som stod i täten för ledningsgruppen skrev under, och sedan kunde de som ville, haka på. Debattartikeln skulle sändas till länets enda dagstidning, Västerbro-kuriren, och dessutom till nättidningen Berglindetnytt.

Under mötet bildade man även en sluten Facebook-grupp. De fick namnet *Rädda Berglindets sjukhus!*

¤

Efter några få dagar var debattartikeln under «Ordet fritt» införd i Västerbro-kuriren och Berglindetnytt med rubriken:

«Början på slutet för Berglindets sjukhus»

Samma dag hade Dag Svensson och sjuksköterskan Anna Nord varit med i ett stort reportage i Västerbrokuriren, där de blev intervjuade. Bägge upprepade vad som stod i debattartikeln, att en nedläggning av kirurgin i Berglindet inte bara skulle drabba patienter med kirurgiska och ortopediska sjukdomar, utan även sjukhuset på längre sikt. *Titta runt omkring i vår del av landet, där har man under bara några få decennier lagt ned nio lasarett successivt, efter att man börjar med att lägga ned BB och kirurgi, och sedan följer allt annat efter!* Det var något Dag och Anna återkom till i artikeln.

Dagen efter var olika företagare och affärsinnehavare med i Västerbrokuriren och uttalade sig kring vilken stor betydelse Berglindets sjukhus har för orten. PRO i Västerbro påpekade «den stora nackdelen för en patient med hög ålder, som drabbats av lårbenshalsbrott, att först transporteras åtta mil från regiongränsen till Berglindet. Där finns visserligen röntgen kvar så att det går att få en diagnos. Sedan sker ytterligare transport fem mil till Västerbro för operation».

¤

Dagen efter artikeln i Västerbrokuriren sände platschefen vid Berglindets sjukhus, Cecilia Andersson, ut en mejl inom Intranet, sjukhuset interna mejlsystem, till alla som var anställda och därmed fanns med på mejllistan .

Platschefen skrev: *Det är stora förändringar som sker inom Svensk sjukvård. Ibland kan det vara svårt för oss att hinna med i alla förändringar. Att lägga ned kirurgin hos oss är något som inte är beslutat än. Det finns bara ett politiskt förslag till regionstyrelsen. Jag vädjar till alla anställda här, att den här typen av frågor sköts absolut bäst internt hos oss själva! Kontakta inte media i frågan! Facebook är absolut ingenting för oss anställda vid Berglindets sjukhus, när det handlar om att diskutera våra interna lokala frågor! Vi skall hjälpas åt att sköta detta snyggt och med stolthet.*

Men platschefens vädjan var inget som imponerade och övertygade de anställda på sjukhuset. I stället publicerades Cecilia Anderssons mejl på Facebook, och Dag Svensson sände det till Västerbro-kuriren, och passade även på att bli intervjuad av tidningen, i samband med reportaget.

Västerbro-kurirens politiske redaktör, skrev även en kommentar i en ledare, där redaktören påpekade att vårt land har yttrandefrihet och meddelarfrihet, dessutom att källan till informationen är skyddad.

Kapitel 5

1 oktober

Ett komplicerat bukingrepp var över. Operationen hade tagit fyra timmar i anspråk. Eftersom detta var ett mycket komplicerat ingrepp, kunde det på Berglindets sjukhus enbart utföras av en av landet ledande specialister på området, Dag Svensson.

Väl ute ur operationssalen lade Dr Svensson ifrån sig operationshandskarna i operationssalens sköljrum, och gick till omklädningsrummet. Där tog han snabbt på sig en vit rock, ovanpå de vita byxorna och vita skjortan, för att snabbt rusa ned till akutmottagningen. Under tiden Dag sprang nedför trapporna, de fyra våningarna, dikterade han operationsberättelsen kring den operation han nyss genomfört. Diktafonen var en liten bandspelare, han lätt kunde förvara i rockfickan.

Nu ringde telefonen. Det var regionrådet Mårten Bergwalls politiske sekreterare, Elsa Berg, i andra ändan av mobiltelefonen.

Elsa harklade sig. Hon sade med en stämma som rönte osäkerhet och vånda.

– Jo, det här är Elsa Berg, jag är sekreterare år regionrådet Bergwall, och han hälsar att han och några till i ledningen av regionen skulle vilja ha ett möte med dig så snart som möjligt! Helst senare i eftermiddag!? Vi tar en bil och kan vara uppe i Berglindet inom en timme!

– Men vad är det här, varför är det så bråttom? Men absolut, ni är välkomna, replikerade Dag.

¤

Efter en timme knackade det på Dag Svenssons kontorsdörr. Instormande på rummet kom regionråden Bergwall och Lilja åtföljda av sjukhusets platschef Cecilia Andersson. Alla tre var högröda i ansiktet. Kropparna var spända, axlarna upphöjda.

Bergwall inledde.

– Svensson, vad fan är det ni håller på med här på sjukhuset! Så här får det inte gå till!

– Vadå, vad menar ni, replikerade Dag Svensson, som lugnt satt kvar på sin stol, medan de två regionråden och Cecilia Andersson stod kvar innanför dörren, som de dragit igen med en ljudlig smäll.

Bergwall fortsatte.

– Jo, du vet givetvis vad vi menar, för du är ju första namn, och har säkert skrivit debattartikeln i Västerbro-kuriren. Du är ju van att skriva, du har ju skrivit en del vetenskapliga artiklar eftersom du är docent! Dessutom uttrycker du dig, ganska raljant mot oss politiker tycker jag. Du drar med dig en hel hop andra, mest sköterskor, och de är beundrar väl dig, som den stora kirurg du är!

– Ja, men har vi inte yttrandefrihet i det här landet! Dessutom skall ni uppskatta tycker jag att medarbetarna här vid Berglindets sjukhus engagerar sig och skriver ut sitt namn, så att ni kan se oss. Vi är ju egentligen många fler.

Vi kommer tillbaka i flera andra sammanhang, för vi kommer att kämpa för att behålla kirurgin här i Berglindet, och tar ni kirurgin, så lämnas fältet fritt att så småningom tar allt annat här också!

Bergwall, Lilja och Andersson stod tysta en stund, sedan fortsatte Bergwall.

– Ja, men man kritiserar inte sin arbetsgivare på det här sättet. Har man synpunkter, så tar man upp det internt.

– Internt, vad är internt? fortsatte Dag Svensson.

Det kom inget svar från de tre personerna, som stod strax innanför dörren. En tystnad rådde flera sekunder. Sedan öppnade Bergwall dörren, och han, Lilja och Andersson lämnade rummet genom att stänga dörren med en smäll.

Vad händer nu? tänkte Dag. *Nu är bollen i rullning, så det är väl bara att fortsätta vår kamp!*

Kapitel 6

5 oktober

Det hade förflutit ytterligare några dagar sedan Dag Svensson fick besök på sitt tjänsterum av två regionråd och platschefen vid Berglindets sjukhus.

Västerbrokuriren hade den här dagen publicerat ett debattinlägg signerat av regionens Hälso- och sjukvårdsdirektör Gunnar Westerlund:

«Det är tråkigt att behöva se hur några anställda vid Berglindets sjukhus ser på hur den lokala befolkningens oro för en nedstängning av kirurgisk vård kommer att inverka på medborgarnas hälsa i framtiden. Den här sorten nostalgi och populism hör inte hemma i vårt nutida samhälle. Var snälla att i stället uppfatta på ett positivt sätt att våra kloka medborgarrepresentanter, politikerna i regionfullmäktige, har skapat en omorganisering av vården i Region Mellersta Götaland, som är en framgångsfaktor. Detta har skett för att ge patienterna goda förutsättningar för en mer tillgänglig och jämlik vård i hela länet.

Tyvärr är det beklagligt att författarna häromdagen i Västerbrokuriren, läkare och sjuksköterskor, visar en skrämmande brist på helhetssyn, kunskap och omdöme, att man uttrycker sig på det sätt som man gjorde!».

◻

På eftermiddagen vid femtiden hade Dag Svensson kallat till sig Anna Nord och Ralf Birgersson för ett möte på Svenssons tjänsterum. Stämningen i rummet var fylld av stridsvilja. Dag Svensson inledde samtalen.

– Westerlunds debattartikel var väl vad man kan förvänta sig. Det är klart att de måste gå till motangrepp mot oss här uppe. De förhärligar sig själva och dessutom använder de en taktik som går ut på att förminska oss då de påstår att vi inte förstår bättre! Men jag tror ju inte att det egentligen är Westerlund, som uttrycker sig så mot kollegor, han är ju själv läkare.

Regionråden har givetvis bett en av sina politiska sekreterare tota ihop artikeln i all hast, och man kanske ångrar sig, då de insett att de gett oss en klapp på huvudet. Det får man inga röster på i nästa val. Det är i och för sig långt dit, två år, så de allra flesta hinner glömma den där debattartikeln. Men visst har de bråttom att gå till motangrepp. Just det faktum att det är nästan två år till nästa val, gör att de vill göra den här förändringen nu, för alla vet att det kan gå ganska fort att vänja sig vid en förändring, och att efter två år är politiskt bråk och konflikter lätt glömda.

– Vad gör vi nu, sade Ralf Birgersson.

– Vi kan väl skriva en ny debattartikel, och sända den till vår nättidning, Berglindetnytt, och samtidigt lägga ut den på Facebook, och vi kan väl försöka att jobba ihop fler som skriver under, tyckte Anna Nord.

◻

Efter tre dagar hade man samlat ytterligare 17 namn hos de anställda vid Berglindets sjukhus. Man skrev en ny insändare, som sändes till Berglindetnytt, där det omedelbart publicerades. Samtidigt delades insändaren till att läggas ut på Facebook, hos den slutna gruppen «Rädda Berglindets sjukhus».

Som administratör i gruppen «Rädda Berglindets sjukhus»

på Facebook var Anna Nord utsedd. Hon hade flerårig erfarenhet av hur man sköter en sluten Facebook-grupp. Anna var även flitig med att publicera sina åsikter kring olika saker som engagerade henne. Vad Anna givetvis visste och lade stor vikt vid i sitt urval av personer som ansökte om att bli insläppta i gruppen, det var att försöka hindra personer att ta sig in, som inte hade där att göra.

Anna visste att dessa så kallade nättroll bara hade en avsikt, att sabotera genom att sända och publicera åsikter, som inte gick i linje med vad övriga i gruppen tyckte.

Snart hade gruppen uppnått 4000 anslutna. Den mediala uppmärksamheten kring förslaget från Region Mellersta Götaland, att lägga ned kirurgin vid Berglindets sjukhus väckte mångas känslor.

Det hade varit ett tungt och tufft jobb för Anna att ha tid att granska alla, som ville bli insläppta. En näst intill omöjlig uppgift visste Anna och alla personer som tar på sig den här typen av uppdrag.

Något som Anna och alla också visste, det var att om man hade släppts in i en Facebook-grupp, oavsett om gruppen var sluten eller ej, så fanns det ett register på alla gruppmedlemmarna inom gruppen.

En person, som nyligen var insläppt i gruppen, var Siv Sjöden, som meddelat att hon var sjuksköterska inom äldreomsorgen i Västerbro. Snart efter att Siv anlänt till gruppen började hon ifrågasätta hyllningarna av insändarna som kritiserade regionledningen. Siv skrev att *det som påstods bara var lösa spekulationer och felaktiga anklagelser mot politikerna i regionen, som alltid hade befolkningens bästa i åtanke*.

Anna Nord fattade misstankar att Siv Sjöden var ett nättroll, som inte fanns i verkligheten. Det gick fort för Anna att genom sökningar i och utanför Internet, att någon sjuksköterska med namnet Siv Sjöden inte existerade i Västerbro, varför uteslutning från gruppen «Rädda Berglindets sjukhus» blev resultatet av den efterforskningen.

Kapitel 7

13 oktober

Det var tidig morgon. Regionens kansli hade just öppnat. Marianne Pettersson hade varit tidigt på jobbet den morgonen. Högröd i ansiktet hade hon hastat iväg i korridoren där alla regionens råd hade sina expeditioner och knackade på Mårten Bergwalls expeditionsdörr.

Bergwall hade sin vana trogen anlänt tidigt till sin arbetsplats. Han var morgonpigg, men även för ovanlighetens skull också kvällspigg. Man brukar vara antingen eller.

Marianne Pettersson kom snabbt fram till vad hon ville säga.

– Jo, Mårten, nu har dom uppe i Berglindet organiserat en Facebook-grupp med namnet «Rädda Berglindets sjukhus!». Det var väl i och för sig väntat, men det har ju gått väldigt fort det här. De har redan flera tusen medlemmar i sin grupp, efter bara några dagar. Gruppen är sluten. Vad skall vi göra för att får stopp på dem?

Bergwall log ett brett leende.

– Ja, det har jag ju vetat sedan en tid, så jag bad min sekreterare Elsa att gå in i gruppen under påhittat namn, och på det sättet försöka lugna folk där uppe. Men det skar sig. Hon blev avslöjad och utkastad efter några dagar. Men hon hann med mycket nyttigt. De har redan 4000 namn som är medlemmar i den gruppen, och i och med att Elsa blev insläppt, så fixades att vår IT-avdelning i lugn och ro kunde tanka hem namnen. Just nu håller de på med att matcha mot våra listor på anställda i vår region.

Det påstås att det är några hundra, de flesta jobbar i Berglindet. Men det finns någon som är anställd här på sjukhuset i Västerbro också, men de verkar bo uppe i Berglindet och pendlar hit. Annars är det mest folk som bor i och i närheten av Berglindet, så det är ju en liten del av de som kanske inte i alla fall röstar på oss.

Marianne satte sig ned på en stol under tiden Bergwall pratade och tittade mot dörren för att se om någon kanske var på väg in i rummet, och sade med en röst fylld av djup övertygelse.

– Då ger vi din sekreterare Elsa i uppdrag att ta reda på vilka i den Facebook-gruppen som har anställning hos oss. Om hon då ser att hon känner igen den chef, som den personen har, tar Elsa kontakt för att få veta litet mer. Om det då visar sig att det är möjligt, alltså om chefen som är aktuell just kring en person, är en trogen, lojal medarbetare, då kanske det går att jobba vidare och få en markering mot den som är illojal?

Exempelvis kan ju chefen se till att den som är med i Facebook-gruppen plötsligt fråntas eventuella extrauppgifter inom sin avdelning på Berglindets sjukhus. Men framför allt har vi, och det är ju mer uppenbart, de sjukhusanställda i Berglindet som skrivit under debattartiklarna i Västerbro-kuriren och nättidningen däruppe, Berglindetnytt. De måste ju behandlas mer speciellt, och jag tänker givetvis då på de som verkar vara i ledande position, Dag Svensson givetvis, och sjuksköterskan Anna Nord och AT-läkaren Birgersson. Jag kan åta mig att ta kontakt med platschefen i Västerbro, Cecilia, och be henne gå vidare med det här

Mårten Bergwall lyssnade uppmärksamt på Mariannes redogörelse. Han såg nöjd ut, log ett brett leende och fortsatte samtalet.

– Du har helt rätt. Dag Svensson är ju den som är den mest pådrivande ledaren i det här, och honom är det ju väldigt lätt att bli av med. Han är 68 år. Han har på grund av ålder ingen garanterad anställning längre, utan han är ju timanställd, en kronisk vikarie om man så vill. Honom kan vi göra oss av med hur lätt som helst. Visserligen är han en gammal trotjänare och superkändis inom svensk kirurgi, men det har ju ingen betydelse. Det kan vi ju inte ta hänsyn till.

Han håller ju på med att sabotera allt vad vi står för och våra visioner. Det kan vi inte leva med inför valet om två år. Jag ber Elsa att mejla honom i dag och meddela att hans timanställning avbryts med omedelbar verkan och att han för all framtid inte är välkommen att arbeta för vår region. Ja, jag menar hela regionen givetvis, för han kan ju inte få dyka upp som läkarvikarie på någon av våra vårdcentraler heller, trots att vi har vakanser överallt.

Det är klart att jag inser också att han, även efter att han fått sparken, kommer att attackera oss, säkert med än mer energi är tidigare. Det kommer bli mycket insändare riktade mot oss från Svensson och hans anhängare, på nätet olika plattformar och i tidningarna, men det kommer vi att klara. I regionen här kring Västerbro är man ju inte engagerad. Dessutom kommer säkert några journalister att kritisera att vi gjort oss av med Svensson, men det behöver vi inte svara på.

En pensionär, som inte får fortsatt förtroende att arbeta vidare hos oss. Det är ju inget speciellt med det. Minnet är ju väldigt kort dessutom hos oss människor. Att Svensson inte får vara kvar är glömt snabbt, i alla fall till valet om två år.

Marianne stod alldeles bredvid Mårten nu. Hon tittade mot dörren och lyssnade om någon var i närheten i korridoren utanför. Så plötsligt omfamnade hon Mårten Bergwall som besvarade omfamningen genom att trycka sin kind och kropp mot Marianne.

– Vi ses i kväll, sade Mårten. Jag kommer över då du ringt och kusten är klar.

¤

Dagen därpå då Dag Svensson hade anlänt till sitt tjänsterum vid sjutiden på morgonen, slog han på sin dator det första han gjorde innan han hunnit ta av sig ytterkläderna. Han installerade sig framför sin dator och öppnade mejlkorgen.

Ett mejl hade anlänt föregående kväll från info@regionmellerstagotaland.se. Det innehöll följande meddelande:

Ledningen för Region Mellersta Götaland meddelar härmed att ditt vikariat som överläkare vid Berglindets sjukhus upphör med omedelbar verkan. Du kommer heller inte under resten av ditt liv att anställas i någon mån inom vår region.

Mejlet var inte underskrivet av någon. Dag var upprörd. Han kände att han hade en hög puls som stegrade sig hela tiden.

Jag måste kontakta regionledningen och höra vad de menar, tänkte Dag. *Men först skall jag kontakta Cecilia Andersson när klockan hunnit bli åtta, och hon är på plats.*

Under tiden fram till åtta, kontaktade Dag sköterskorna på kirurgpolikliniken, och bad dem att ställa in dagens mottagning med ett stort antal överviktiga patienter, som hade tid för att diskutera en eventuell framtida operation. Flera av patienterna hade väntat upp till två år för att få en tid hos Dag. Han meddelade skälet till den inställda mottagningen. Han meddelade också att det var bäst att ställa in all hans mottagningsverksamhet framåt liksom ställa in alla planerade operationer.

Strax efter klockan åtta lyckades Dag nå platschefen vid sjukhuset per telefon, och hon lovade infinna sig på Dags tjänsterum.

Cecilia såg sammanbiten ut då hon kom i rummet. Hon drog försiktigt igen dörren efter sig.

– Känner du till det här? frågade Dag, samtidigt som han visade texten på datorn som handlade om att han omedelbart skulle lämna sin tjänst.

– Nej, det har jag ingen kännedom om, replikerade Cecilia.

Dag trodde henne inte. Han tänkte, *hon deltog ju under mötet nyligen, där även Bergwall och Lilja var med, och Dag hade blivit anklagad för att inte vara lojal mot regionens politik kring Berglindets sjukhus.* Men samtidigt förstod han, att han inte kunde pressa henne mer, utan frågade i stället vad han kunde göra.

– Ja, du skall givetvis vända dig till regionråden och sjukvårdsdirektören Westerlund. Skriv mejl! Men det är ingen idé att ringa. Det är så mycket «kreti och pleti» som ringer dagligen till regionråden. De svarar inte. Möjligen svarar regionrådens sekreterare, men de vet ju inget om den här saken, så det kan bli svårt.

Dag Svensson satt försjunken i sin stol några sekunder. Sedan sade han.

– Kreti och pleti, det uttrycket lärde jag mig nyligen av en händelse i ett annat sammanhang. Jag slog upp det uttrycket på Wikipedia.

Dag gick därefter fram till sin dator och loggade in på Wikipedia där man definierade **Kreti och pleti** «som en i vardagligt bruk nedsättande beteckning för «allehanda löst folk», «den breda allmänheten», «vem som helst», eller som det står i Nordisk Familjebok: «personer utan börd, bildning eller samhällsställning».

– Jaha, nu är man en bland löst folk, efter att ha ägnat min tid åt det här sjukhuset i trettio år! fortsatte Dag.

Cecilia sa ingenting, utan mötet med Dag Svensson avslutades med att Dag tog av sig sin vita läkarrock. Han gick fram till sina ytterkläder och tog på sig dem. Därefter tog han av nyckeln till tjänsterummet från sin nyckelknippa och gav nyckeln till Cecilia.

Till sist bad han Cecilia att stäcka fram ett pekfinger, vilket hon gjorde till sist med en frågande min. Dag tog därefter sin vita rock och hängde upp den på Cecilias finger och lämnade sedan rummet genom att dra igen dörren med en smäll.

¤

Dag var snabbt hemma i bostaden. Dag var upprörd. Han började ringa till regionens kansli för att försöka få tala med någon ansvarig för mejlet. Det svar han fick var att regionråden var upptagna i olika sammanträden, men det utlovades att de skulle ringa tillbaka, vilket de aldrig gjorde. Hälso-och sjukvårdsdirektören Westerlund var oanträffbar.

Sekreteraren lovade att Westerlund skulle ringa tillbaka, vilket heller han aldrig gjorde. Senare på eftermiddagen sände Dag i stället mejl till de personer i regionledningen han ville nå. Det kom aldrig något svar från någon.

Oppositionsrådet Johansson i Centrumpartiet, som han kände som sin patient lyckades däremot Dag nå per telefon. Dag hade hört att Centrumpartiet med Jonas Johansson i spetsen, trots att man var förespråkare för en levande landsbygd och lokalt eget företagande, just i den här sjukhusfrågan inte var speciellt engagerade.

Jonas Johansson svarade att han inte visste något om mejlet med avskedet, men sade samtidigt att han tyckte *«Dag var så pass gammal nu, att det i vilket fall som helst var dags att lägga av och syssla med något annat»*.

Dag tänkte vidare: *det finns ju egentligen bara två partier kvar i regionen, som kan tänkas ställa upp för mig och Berglindets sjukhus, Liberaldemokraterna och Regionlistan.*

Inget av partierna hade något inflytande egentligen, de samlade tillsammans tjugo procent i regionfullmäktige, det visste Dag, men han sände i alla fall mejl till de två partierna politiska sekreterare.

Veronika Laforsen, som var anställd som politisk sekreterare åt Liberaldemokraterna i regionen var snabb att svara. Hon lovade att man skulle göra allt vad som stod i deras förmåga, med andra ord skriva debattartiklar i lokaltidningen och vara aktiva på Facebook-gruppen, som jobbade för att bevara kirurgin vid Västerbro sjukhus.

Innan dagen var slut ringde Dag till sin kollega, medicinläkaren Johan Berntson, som även var fackligt förtroendevald för att företräda Läkarförbundet vid Berglindets sjukhus.

Dag inledde.

– I dag fick jag sparken av regionledningen, och det är absolut för mina åsikters skull, även om de inte säger det. Jag tycker att jag skött mitt jobb under trettio år här och aldrig fått någon kritik kring hur jag skött mina patienter!

– Ja, jag vet svarade Johan. Det har hunnit sprida sig som en löpeld här på sjukhuset, sedan det kom ut till dina närmaste medarbetare på kirurgen. Tråkigt, fegt tillvägagångssätt från regionledningens sida, men sånt är livet.

Men jag och facket kan dessvärre inte hjälpa dig, du har ju ingen fast anställning kvar nu, så arbetsgivaren har rätt att med omedelbar verkan, avbryta ett vikariat som det ju egentligen är.

– Ja, men facket kan ju agera ändå via media, menade Dag.

– Vi kan inte göra mer, vårt kontor ligger ju egentligen inte här, utan i Västerbro, och vi menar att det ändå är ganska rimligt det som sker nu. Medicinavdelningen kommer ju i alla fall inte att beröras. Själv har jag inte så mycket tid att engagera mig i det här.

Jag kommer kanske i stället gå in som chef för medicinverksamheten i regionen, blev Johan Berntsons svar och därmed kände Dag att frågan var utagerad och han avslutade samtalet utan att säga «hejdå».

Kapitel 8

De kommande dagarna var i medievärlden som vanligt under den här tiden präglade av rapportering kring den pågående Corona-pandemin som nu var inne i sin andra fas. Vacciner mot covid-19 viruset var något som man framställde under högt tempo, och det var ju en väldigt viktig fråga kring hur det skulle bli med den saken. Ett framtidshopp, en överlevnadsstrategi som givetvis engagerade. En existentiell fråga.

Trots att det kan vara svårt att fokusera mer än på en fråga samtidigt, det gäller kanske främst män, som påstås inte ha samma simultankapacitet som kvinnor, dök ett medialt fokus upp i Berglindet kring att Dag Svensson fått sparken med omedelbar verkan. Det hade spridits snabbt inom Berglindets sjukhus att deras «stjärnkirurg» hade fått «sparken», och snart var nyheten ute «på stan».

Något som också hände var att intensivvårdssjuksköterskan Anna Nord, en av initiativtagarna till motståndet mot av nedläggningen av kirurgin i Berglindet, plötsligt fick höra att man inte hade behov av henne, på grund av «övertalighet», vid intensivvårdsavdelningen. Anna blev erbjuden i stället att ansvara för klädesförrådet på sjukhuset.

Följden blev att Anna sade upp sig. Hon hade sedan länge ett erbjudande att arbeta inom intensivvården vid ett sjukhus i Norge. Hon accepterade nu erbjudandet. I Norge väntade kortare arbetsdagar och en dubbel lön. Att hon inte varit intresserad av det erbjudandet tidigare, berodde bland annat på att hon kände en lojalitet mot Region Mellersta Götaland, hon var nöjd med hur den förra förvaltningen, före 2018 års val, hade stöttat Berglindets sjukhus.

AT-läkaren Ralf Birgerson, som också hade en framträdande roll i gruppen som arbetade för kirurgin i Berglindet hade sökt en fast tjänst som underläkare inom regionen, för att vidareutbilda sig till kirurg. Birgerson var enda sökande.

Plötsligt hade man vid regionkansliet dragit tillbaka den aktuella tjänsten. Ingen förklarande kommentar hade lämnats. Ralf hade sedan flera år tillbaka ett engagemang i ungdomars medicinska problem, och hade därför sökt kontakt med en ungdomsmottagning i en grannkommun till Västerbro. Mottagningen drevs av regionen. Ralf erbjöd sig att arbeta oavlönad en kväll per vecka. Det gick en tid. Det kom ingen svarskontakt från ungdomsmottagningen.

Till sist sände Ralf en mejl och frågade när han kunde börja. Det kom då en svarsmejl, att mottagningen inte behövde hans tjänster längre. Ralf hörde sig då för kring ideellt arbete vid en annan ungdomsmottagning i en grannregion. Han fick genast börja där. Utbildning till kirurg kunde även snart starta inom den regionen.

Ralf Birgerson kommunicerade på Facebook innan han lämnade Västerbro:

«Tur att man inte förstatligat sjukvården i Sverige, som man exempelvis gjort i Norge, för då hade jag nog hamnat i ett för hela landet gemensamt register för misshagliga personer, och då hade jag nog fått leva ute i kylan resten av mitt liv.

Det som har hänt nu får mig att tänka på det gamla Östtyskland och Sovjetunionen, som kollapsade för 30 år sedan, men deras kultur lever tyvärr kvar hos oss».

¤

Det författades inlägg på Facebook men där blev det tystare efter en vecka. Det kom enbart inlägg från personer i Berglindet, som inte hade någon anknytning till regionen. En del insändare publicerades i Västerbro-kuriren och Berglindet-nytt. Samtliga var underskrivna av en «signatur».

Ofta avslutades insändaren kring bevarandet av Berglindets sjukhus med en information till läsarna, att det fanns en möjlighet att reagera på det som sker nu, genom att «tänka sig för vid valet 11 september 2022!»

◻

Två av de politiska oppositionspartierna i regionen, Liberaldemokraterna och Regionpartiet gjorde vad man ansåg sig kunna göra genom att ge uttalanden i lokalradion och region-TV, där man uttalade det «vansinniga» att lägga ned en så fin kirurgklinik, som den i Berglindet.

Bo Sjövall, Liberaldemokraterna, Ld, lyckades att tillsammans med sin politiske sekreterare Veronika Laforsen, få en tid för ett möte på regionens kansli.

De träffades på Mårten Bergwalls kansli. Stämningen var redan efter att man hälsat på varandra, inte den bästa. Bergwall hade nog sovit dåligt natten innan, han var kort i tonen och visade med sitt kroppsspråk att han egentligen inte ville ha att göra med Sjövall och Laforsen över huvud taget.

Veronika däremot var på bra humör. Hon hade sovit bra natten innan. Hon kände sig stridslysten. Samtalet som skulle följa skulle bli en utmaning. Veronika visse att Bergwall mätte och värderade de människor han samtalade med utifrån den politiska position som vederbörande hade.

En klar arrogans kunde man skönja hos Bergwall, då han mötte personer från partier, som hade få antal röster antingen i regionen eller i kommunen. Veronika, däremot, hon behandlade alla människor hon mötte lika, hög som låg, med intresse och respekt.

Veronika Laforsen var 44 år. Hona hade varit politisk sekreterare, för Liberaldemokraterna i regionen i närmare tio år nu. Veronika hade hunnit bli en välkänd person på regionen kansli. De flesta av tjänstpersonerna och politikerna på arbetsplatsen kände Veronika väl. Det var vad man tyckte i alla fall.

Man ansåg att Veronika alltid var vänlig och tillmötesgående i de allra flesta situationer där inte politiska konflikter hade spetsat till situationen.

Veronika ar uppvuxen i en familj där man pratade mycket politik. Föräldrarna hade alltid röstat på Liberaldemokraterna, och även varit medlemmar i partiet under ett antal år, framför allt då pappa Ernst, lågstadielärare, var i karriären, och stävade efter en rektorstjänst i kommunen.

Kommunen Västerbro, den ojämförligt största kommunen i Mellersta Götaland, var på den tiden styrt av Liberaldemokraterna sedan många år tillbaka, och de politiska kontakterna var nödvändiga för en person, som strävade efter en kommunal tjänst.

Eftersom Veronika hade goda och upparbetade kontakter med politiker inom Ld i Västerbro, headhuntades hon som politisk sekreterare inom Region Mellersta Götaland, när studierna var avslutade i Lund efter några år.

Liberaldemokraterna visste att de skulle få en god kraft att skriva debattartiklar och bemöta insändare. Veronikas insatser var uppskattade. Hon klarade sitt jobb galant tyckte många.

Veronika bar på en stor hemlighet i sitt liv. Hon var starkt beroende av narkotiska substanser. Problemet hade börjat i gymnasiet. Hon hade dragits med ett sporadiskt bruk av cannabis. Det röktes ibland när vissa kamratkretsar träffades. Skolresultaten var trots detta lysande.

Veronika började läsa statskunskap vid Lunds universitet. Studierna gick bra. Men missbruket återupptogs. Kokain var en vanlig drog i hennes kretsar. Snart prövade Veronika på amfetamin och gick så småningom även över till opioider typ heroin, som hon för det mesta sniffade. Veronika tog aldrig sprutor för att underhålla sitt missbruk. Hon var väl medveten om den stora risken att drabbas av hepatit-C.

Finansieringen av missbruket? Ett problem hos narkomaner, som leder många in i kriminalitet. Veronika levde sparsamt. Studielånet räckte långt och framför allt ett arv från morfar på ett antal miljoner räckte långt i sammanhanget. Morfar och mormor hade inga andra barn utöver Veronikas mamma, och Veronika i sin tur hade inga syskon.

Beroendet av narkotika lyckades Veronika dölja. Inköpen skötte Veronika på ett sätt som var framgångsrikt för henne. Leveranser av droger fick Veronika av en narkotikalangare, som var bosatt på en annan ort, som åkte förbi Västerbro då det var dags att leverera.

Ingen i omgivningen märkte något. Att Veronika under korta perioder drabbades av korta djupa depressioner, det hade hon däremot berättat för partiledaren av sitt parti inom regionen, Bo Sjövall.

¤

Efter en kort stunds samtal med Bergwall upplevde Veronika att situationen var låst, hon brukade behålla ett lugn, men nu hade hon ilsknat till. Veronika menade att Bergwall inte hade förmåga att lyssna. Han anklagades för att vara maktfullkomlig, och «*att ha byggt upp en sekt inom sitt parti, så att ingen tordes ifrågasätta någonting*».

Bergwall svarade med att säga:

– men lilla gumman, vad har ni att komma med, ni har ju bara några procent av väljarna bakom er, medan vi fick dryga trettio procent i förra valet!

Bo Sjövall och Veronika Laforsen lämnade det mötet i vredesmod. Vad skulle de kunna göra egentligen. De kände fullständig maktlöshet.

¤

Det spreds snabbt inom kirurgkretsar i landet att Dag Svensson, plötsligt blivit av med sina möjligheter att verka som överviktskirurg och/eller som läkare över huvud taget i Region Mellersta Götaland.

Snabbt dök det upp erbjudanden från sjukhus inom andra regioner i landet, där men erbjöd Svensson komma och operera hos dem.

Kliniken för överviktskirurgi vid Karolinska Sjukhuset hörde av sig tidigt. Dag erbjöds att tjänstgöra hos dem och det utlovades även fortsatta möjligheter till forskning. Ledningen för Karolinska hade lockat med *att* «man behövde en ny stjärnkirurg». Man hade för något år sedan av olika skäl förlorat en kirurg från Italien, som många var imponerade av till en början. Det var viktigt för ansiktet utåt och inte minst sjukhusets anseende internationellt.

Forskning var ju som mycket annat i livet utsatt för tävlan. *«Det gällde att synas, annars hamnade man snabbt i bakvatten».* Dag blev även utnämnd till professor i överviktskirurgi vid Karolinska Institutet.

Dag Svensson blev intervjuad i Västerbro-kuriren i anslutning till att han skulle börja arbeta vid en av världens högst rankade forskningssjukhus. *«Det är konstigt, jag duger inte som kirurg vid lilla Berglindets sjukhus, men uppenbarligen vid Karolinska sjukhuset, blev Dag Svenssons kommentar till tidningen».*

¤

Flera av de styrande politikerna i regionstyrelsen för Region Mellersta Götaland ombads även att kommentera nyheten, men några kommentarer kom inte från någon av dem.

Däremot kom det ett uttalande i media från Irma Micic, Grön Framtid, som uttalade sig i Västerbro-kuriren att, *«vi inom Grön Framtid har ingående diskuterat den här frågan, och vi har kommit fram till det vansinniga att lägga ned kirurgin vid Berglindets sjukhus. Vi kan inte se någon logik i det. Regionen spar ju inga pengar kan vi konstatera. Befolkningen som bor i Berglindet får en betydligt sämre kirurgisk vård, eftersom man först skall transporteras till Västerbro sjukhus.*

Många goda medarbetare inom vården i Berglindet förloras till andra regioner, inte bara Dag Svensson. Vi förstår ingenting av det som sker egentligen, och vi får inga svar heller från regionens högste ansvarige politiker, Mårten Bergwall. Bergwall är beroende av att vi stödjer honom i regionfullmäktige för att han skall får majoritet för sina förslag, för det har vi alltid gjort. Han är bortskämd. Men nu är det slut på vårt stöd. Trots att vi bara har ett mandat, så är de ofta avgörande.

Vi inom Grön Framtid kommer inte att stödja förslaget, då det kommer fram till regionfullmäktige i november, vilket då kommer att innebära att förslaget faller. I praktiken kommer då Grön Framtid att ha stoppat Berglindets sjukhus från en begynnande avlövning just nu i alla fall».

Kapitel 9

Irma Micic arbetade på ett konditori i Västerbros utkanter. Hon var född i Sverige för 25 år sedan av föräldrar, som flytt från inbördeskriget i Ex-Jugoslavien. Konditoriet hade just öppnat för dagen, den dag Irma hade uttalat sig i tidningen kring kirurgin i Berglindet. Konditoriet var tomt på kunder.

Som första kund kom Mårten Bergwall in i lokalen. Han stängde dörren bakom sig med en smäll. Han var alldeles vit i ansiktet då han gick fram till disken, sprängfylld med dagsfärska wienerbröd, bakelser och tårtor. Bakom disken, vid kassan stod Irma och förberedde dagens arbete.

Bergwall sade med hög skarp röst:

– Irma, jag vill tala med dig nu, på en gång. Kan vi sitta här vid något av borden, helst innan det kommer någon annan kund!?

– Ja, visst, vi kan prata litet innan någon annan kommer, svarade Irma, men jag förstår inte egentligen vad du vill och varför du är så upprörd, det ser jag ju på dig!? Vi har exempelvis väldigt goda helt färska munkar i dag, du kanske vill köpa några?

– Men det förstår du väl lilla gumman, att det är ditt uttalande i dag i tidningen som bekymrar mig och mina medarbetare i regionstyrelsen, fortsatte Bergwall, och att tala med och göra politiska utspel via media är väl så lågt man kan komma, kanske något de sysslar med i ditt gamla hemland, som numera består av mer eller mindre odemokratiska och korrumperade små stater.

Irma svarade med skarp röst medan hon gick fram till kafédisken, för att betjäna en nyanländ kund.

– Sverige är mitt hemland lika mycket som ditt! Jag är född i Sverige. Dessutom består det forna Jugoslavien av två stater, som numera är medlemmar av EU. Slovenien och Kroatien. För du har ju alltid hyllat EU om jag inte minns fel. Nej, nu får det vara nogdiskuterat, vi har i vårt parti tröttnat på att vara dörrmatta år dig och dina kumpaner.

Bergwall satt förvånat kvar på sin stol, reste sedan på sig och ropade högt och irriterat på vägen ut ur lokalen:

– Det här hade du kunnat kläckt ur dig tidigare!

Den nya kunden vände sig förskräckt om och tittade på Bergwall, som på sin väg ut genom dörren hörde Irma säga med lugnt och sansat röstläge:

– Kanske det, om det vore så att du kunde lyssna. Du vill bara höra din egen röst. Du kan ju inte lyssna på andra, i alla fall inte på mig.

¤

I november månad beslutade först regionstyrelsen, där Irma Micic och hennes parti inte ingick, att lägga ned kirurgisk verksamhet vid Berglindets sjukhus.

Några dagar senare, när regionfullmäktige hade sitt möte, då förlorade de maktbärande partierna Sl, Fp, och BH omröstningen kring Berglindets sjukhus eftersom Grön Framtid tillsammans med oppositionspartierna, även Centrumpartiet, röstade emot förslaget. Den här gången blev beslutet att kirurgiska verksamheten skulle vara kvar och verka som vanligt.

Kapitel 10

6 februari, 2021

Klockan var fyra på morgonen. Det var full vinter, det var mörkt utomhus, och det var sparsam belysning i den långa hotellkorridoren. Det gick enbart att se golvet några meter framåt.

En hotellrumsdörr öppnades inifrån rummet med försiktighet. I det rummet bodde Mårten Bergwall. Snart var så pass mycket öppet så att ett kvinnohuvud kunde titta ut i den tomma hotellkorridoren. Ingen syntes där.

«Kusten var klar» skulle säkert någon tycka, som inte kanske hade helt rent mjöl i påsen. Marianne Pettersson öppnade snabbt dörren, stängde den försiktigt, så att inget ljud hördes, och gick därefter snabbt fram genom korridoren, öppnade hissdörren, och tryckte fram våning 2, två våningar ned.

Väl nere på våning 2, öppnades hissdörren försiktigt. Marianne klev ut i den tysta helt tysta och stilla korridoren, och gick med snabba steg fram till sitt hotellrum. Hon öppnade hotellrumsdörren med ett klick med kortet, gled snabbt in i rummet och drog igen dörren efter sig. Marianne var fast förvissad om att ingen hade sett henne.

Vad Marianne inte såg när hon lämnade hotellrummet, var att en annan kvinna som hade dykt längre bort i den långa hotellkorridoren. Mörkret gjorde att hon knappast var synlig. Det var Veronika Laforsen. Även hon var på samma politiska konferens som Marianne. Veronika hade sitt rum en bit längre bort i korridoren.

¤

Det var en 3-dagars konferens som pågick på Hotell Knall-skottet, några mil söder om Västerbo. Region Mellersta Götaland hade ordnat en konferens där man skulle försöka lägga upp en gemensam strategi för regionen för att be-kämpa den kommande 3e vågen i den pågående covid-19 pandemin.

Mårten Bergwalls parti, Socialliberalerna, stod som värdar för mötet. Inbjudna var även de två övriga samarbetspartier, som Bergwall behövde för att behålla sin maktposition i re-gionen, Blå Höger och Framstegspartiet.

Centrumpartiet och de övriga tre oppositionspartierna, Grön Framtid, Regiondemokraterna och Liberaldemokra-terna var även representerade med sina partiers ledarskap inom regionen. Samtliga politiska sekreterare inom partierna var också närvarande vid mötet.

Man hade från regionens sida arbetat snart ett år med olika typer av «corona-strategier». I spetsen för det opinionsarbetet via olika media, hade man ofta sett Mårten Bergwall

¤

Veronika Laforsen hade fått några timmars sömn. Solen hade inte hunnit visa sig vid 6-tiden på morgonen så här tidigt i februari, då Veronica gick en trappa ned till mat-salen. Det var dags för frukost trots att det var så tidigt på morgonen

Vid ett av borden i matsalen satt Mårten Bergwall till synes försjunken i tankar. Bergwall var också morgonpigg sedan några år.

Bergwall inledde ett långt samtal.

– Veronika, hur har du det numera, det var länge sedan vi talade om våra politiska idéer!?

Veronika väntade länge på att svara. De var enbart hon och Bergwall som var i matsalen. Det var ju tidigt. Ingen annan hörde därför eller lade märke till dem.

Bergwalls parti, Socialliberalerna, hade tidigare försökt att inleda ett samarbete med Liberaldemokraterna inför 2018 års val. Bergwall upplevde att om hans parti kunde gå fram tillsammans med Liberaldemokraterna inför det valet, fanns utsikter att de bägge partierna skulle kunna bilda en gemensam majoritet i regionen. *«Liberaldemokraterna har ju en empati för socialt utsatta och vill se en lojalitet i samhället mot de som inte kanske fötts in i det här livet med en guldsked i munnen, vi är ju tvillingsjälar i mångt och mycket»*, hade Bergwall sagt. Men det blev inget samarbete den gången.

Det skar sig i förhandlingarna mellan Sl och Ld då man kom fram till frågor kring utbyggnad av missbruksvården i regionen. Veronika var engagerad i frågan och mycket insatt tyckte man. Därför fick Veronika driva just frågan kring vård av missbrukare.

Man gjorde studiebesök vid avdelningen för behandling av drogberoende vid sjukhuset i Västerbro, där man bland annat upplystes om att patienterna skrevs ut till hemmet eller till något hem med tvångsvård efter en veckas avgiftning av det som vara vanligast förekommande på drogmarknaden, som alkohol, kokain, heroin, besodiazepiner och amfetamin.

Veronika drev då att det var «helt vansinnigt» med enbart en veckas avgiftning från en drog patienten levt med i kanske 20-30 år, dessutom dagligen. Veronika menade att regionen på egen hand, skulle skapa rehabiliterande behandling, som exempelvis innefattade Minnesotamodellens 12-stegsprogram och kognitiv beteende-terapi.

Mårten Bergwall däremot och hans parti, var däremot helt

kallsinnigt emot tanken att bygga ut vården av missbrukare i regionen.

Mårten Bergwall hade haft många kontakter med Veronika Laforsen under tiden förhandlingar pågick. Han hade hävdat att missbruksvård var ointressant numera för hans och hans partis del. Bergwall hävdade att personer med olika typ av missbruk *«fick skylla sig själva. De gör ju ett val, och om de sköter sig så går det ju bättre för dem i livet, vi har ju dessutom knappast råd att ordna med sjukvård för ordentliga människor».*

Veronika brukade svara *«att ett beroende är en sjukdom det också, att det är genetiska orsaker till att vissa hamnar i den utsatta situationen».*

Nu kände Veronika att det var ett bra läge att försöka få Bergwall på andra tankar kring behandlingen av missbruksproblem inom regionen och sade.

– Men du Mårten, ursäkta, du kanske tycker jag är tjatig, kan du inte försöka tänka om kring regionens dåliga hantering av människor som har missbruksproblem. Att vara beroende av en drog ger ett stort lidande inte bara för som drabbas, utan hela samhället känner av problemen på något sätt, eller hur!?

Dessutom sa du ju, visserligen inför förra valet, att vi skulle kunna samarbeta kring attityder och vård av de som har en svår social sits i vår region. Nu skulle vi kunna ta upp ett sådant samarbete inför nästa val!

Mårten Bergwall svarade nu med en irritation i rösten han inte kunde dölja.

– Snälla Veronika, nu har jag hört tillräckligt om det här, varför skall vi göra mer för den här missbrukargruppen!? Det kommer inte att ske, i så fall över min döda kropp!

Efter att ha suttit tyst en lång stund vid frukostbordet i matsalen, försjunken i tankar kring Bergwalls negativa attityd till missbrukare, återkom Veronika med en ny fråga.

– Men du Bergwall, du verkar ha något nytt i livet. Jag kunde inte sova, så jag var vaken, uppe i hotellkorridoren och vandrade omkring, där råkade jag se Marianne komma ut ur ditt hotellrum vid 4-tiden i natt!

Bergwall blev illröd i ansiktet, tittade ned i frukostbordet och sade medan han harklade sig:

– Ja, Marianne kunde inte heller sova, så hon ringde mig, och eftersom jag också var vaken, kom hon över för att prata politik.

Nu hade det hunnit komma fler av mötesdeltagarna som anslöt sig i frukostmatsalen. Arne Lilja och Marianne Pettersson kom fram och satte sig ned vid samma bord som Veronika och Mårten.

Veronika inledde ett samtal genom att genast fråga Marianne.

– God morgon, Marianne, har du sovit bra i natt? Det är ju alltid svårt att sova när man kommit till ett nytt ställe, som ett hotell, trots att det är lugnt och tyst här.

Marianne svarade på frågan med eftertryck.

– Jag har haft en fin sömn i natt. Jag har sovit som en stock. Underbart.

– Jag med, sade Lilja.

Det var ingen som ville spinna vidare på samtalet. Frukosten intogs sedan under tystnad frånsett någon allmän kommentar kring att man uppskattade måltiden. Bergmark satt försjunken i egna tankar.

¤

Efter att alla frukostgästerna lämnat matsalen satt Veronika kvar vid sitt bord. Hon brottades med många tankar, vissa ganska så spektakulära. *Hur komma åt Bergwall, att få honom att blotta sig? Jag vill jag ju att han ändrar åsikt vad gäller regionens intresse att förbättra missbruksvården här i Västerbro. Jag måste nå honom på något sätt, samtidigt vill jag ju inte få det att framstå att jag agerar i egen sak, att jag försöker pressa honom på pengar för eget bruk.*

Tänk om jag kunde rigga en övervakningskamera i hans hotellrum och spela in vad som kommer att förekomma där i natt. Det läste jag om i media häromdagen att man gjort det i London. En av ministrarna i den Brittiska regeringen, hade jobbat intensivt med hjälp av media att under den pågående pandemin, att man inte skulle ha nära kontakt med någon annan än inom den egna familjen. Någon, en politisk motståndare kanske, hade med en övervakningskamera gjort en videoinspelning av vad som pågick en natt i ett hotellrum, där denne minister befann sig.

Det visade sig att på videon befann sig ju inte bara den aktuelle politikern den natten, utan en kvinna som identifierades inte varande politikerns hustru. Bilder från filmen publicerades i flera engelska tidningar.

Enbart några timmar efter den publiceringen lämnade den utpekade politikern in sin avskedsansökan till den Brittiska premiärministern Boris Johnson.

Bergwall har ju agerat lika vad gäller pandemin, han har länge med emfas via media påpekat betydelsen av att hålla avstånd utanför den egna familjen.

Veronika tyckte att hon kommit på en bra idé. Hon började googla på «videokamera för mörker» och fann att det fanns den typen av kameror på marknaden. Kameror på runt 7-8000 kronor inom näthandeln fanns att köpa, men Veronika insåg att den typen av kamera kanske inte fanns att köpa i Västerbro just den dagen. Priset bekymrade henne inte, men sedan kvarstod ett stort problem i hennes planläggning.

Hur få tillgång till Bergwalls hotellrum kommande natt? Kameran skulle placeras strategiskt. Det behövde hon säkert hjälp med. Dessutom var det en chansning. Kanske Marianne inte skulle finnas i Bergwalls rum kommande natt, eller att Bergwall besökte Marianne? Dagen efter skulle ju kameran även avlägsnas. Nej, Veronika förstod att det var för många hinder och osäkerheter i projektet.

Men idén kanske kan användas en annan gång, tänkte Veronika.

Kapitel 11

Höghastighetståget Västerbro-Stockholm 25 februari

Det började bli ganska sent på kvällen den 25 februari. Småmulet. Ett lätt snöfall drog fram över järnvägsspåret, som går från Västerbro vidare mot Stockholm. Det var tre km in till Västerbro järnvägsstation. Ren landsbygd hade tagit över. En tät skog hade tagit över bredvid spåret. Ingen bebyggelse fanns i närheten.

Över järnvägsspåret gick en liten smal skogsväg. Övergången var helt obevakad. Som brukligt fanns det en varningsskylt på bägge sidor, strax innan spåret. Eventuella bilister, kanske cyklister som ville passera, uppmanades att stanna framför stoppskylten och iaktta försiktighet innan man korsade spåret.

Om man med sin bil blivit stående på spåret av någon anledning, hade ett framrusande tåg inte en chans att kunna bromsa in och stanna innan bilen var överkörd och krossad. Lokföraren skulle inte hinna se en bil som stod på spåret, innan det var för sent. Höghastighetståget som passerade Västerbo under sin färd mot Stockholm kunde som mest komma upp i en hastighet av 250 km per timme.

¤

Den här kvällen hade lokföraren Tage Nordin ett kvällspass, som snart skulle vara över för den här gången. Vid nästa station, skulle Nordin kliva av dragloket, och överlåta tåget till en kollega, som skulle köra tåget vidare mot Stockholm.

Några minuter efter att Stockholmståget lämnat Västerbro, man hade säkert hunnit 2 km var tåget uppe i en hastighet av 180 km/timme, men då visade en signalanläggning utefter spåret, att tåget måste stoppas. Detta var även något som direkt visades på den instrumentpanel, som Tage Nordin hade framför sig.

– Vad är på gång, det här signalen brukar alltid ge klartecken till att öka hastigheten och köra vidare, tänkte Nordin och ringde med sin mobil till driftcentralen, för att höra vad som var orsaken till stoppet.

På driftcentralen sade man att det verkade som ett signalfel, som snabbt skulle vara åtgärdat, men till dess måste tåget stå stilla.

Nordin började bromsa in tåget. Bromssträckan var flera hundra meter.

Hastigheten på tåget hade hunnit bli låg, då Nordin uppmärksammade att ett stort föremål låg utsträckt rakt över spåret, cirka 200 meter fram. Nordin bromsade då så mycket han kunde, utan att därför behöva nödbromsa. Hastigheten var ju låg.

Det gick därför att bromsa ned tåget, så att det blev stillastående 10 meter framför «föremålet». Nordin såg nu att det var en människa, som låg ihopkrupen över spåret. Kropp och ansikte var vänt bortåt.

Tage Nordin hoppade snabbt ned från sitt draglok, och gick fram till det som han nu visste var en människa som låg där. Samtidigt tände han en cigarett. Att röka visste han var ett sätt att dämpa oro och nervositet.

– Hur är det fatt!? Ropade Nordin.

Inget svar hördes.

Väl framme vid kroppen, såg Nordin att det var en kvinna i 40-årsåldern som låg ihopkrupen med huvud vilande mot ena rälsen. Hon låg helt stilla. Nordin hade med sig en ficklampa. Han lyste på ansiktet med ficklampans starka sken.

Kvinnans bägge ögon var vidöppna. Stirrande. Först trodde lokföraren att kvinnan var död, men såg sedan att hon rörde svagt på en arm och försökte kröka några fingrar. Kvinnan andades. Hon saknade handskar trots att det var köldgrader i den sena kvällsluften.

Tågvärdinnan Anna Johansson kom fram till Nordin. Hon hade förstått att något hänt med tåget. En passagerare hade då han tittat ut från sitt tågfönster noterat att lokföraren lämnat loket och gått fram till ett föremål med hjälp av belysningen från en ficklampa.

Anna Johansson var i närheten i kupén för att granska biljetter, varför passageraren varslade om att något hänt, som gjorde att tåget stannade. Anna klev av tåget och sprang framåt och upptäckte att Tage Nordin stod böjd över något som såg ut som en människa.

– Jag ringer polisen och driftcentralen, ropade Anna upprört.

Hon kom via polisens sambandscentral snabbt i kontakt med polisstationen i Västerbro. Anna lyckades trots mörkret uppge tågets lokalisation. Hon fick hjälp av att hon såg den obevakade järnvägsövergången några meter därifrån. Anna visste att man hunnit cirka 3 km från Västerbro, mot Stockholmshållet.

Tage Nordin stod som förstenad, böjd över kroppen. Han reste sedan på sig. Den första kommentaren var:

– Vilken tur att jag hann stanna. Hon lever. Det här ser ut som ett självmordsförsök. Hon ligger ju med huvudet mot rälsen.

Tage Nordin och Anna Johansson försökte tillsammans igen ropa till kvinnan att uppmärksamma dem, men det enda de noterade var att kvinnan rörde på sig något. Hon var annars livlös.

Anna tittade sig omkring. Det hade fallit nysnö på kvällen. Fram till spåret såg hon att det fanns fotspår.

– Konstigt att fotspåren verkar tillhöra en person med stora skor! Fotspåren från en man!?

Tage Nordin drog några djupa bloss på sin cigarett och fortsatte.

– Kroppen måste då ha lagts på spåret av någon annan. Det här verkar ligga ett brott bakom! Vilken tur att jag kunde stanna loket. Annars hade det ju sett ut som om jag kört på en självmordskandidat. Himla tur, det har jag själv aldrig upplevt. Jättejobbigt för de kollegor som råkar ut för sånt! Många blir det aldrig folk av mer! Vi låter henne ligga kvar här tills polisen eller en ambulans kommit. Viktigt för dem att se hur det här ser ut!

Bakom Anna Johansson och Tage Nordin hade det nu samlats en folkmassa. Tågpassagerare hade noterat att något hänt och att ett stort föremål låg framför loket, rakt över spåret. Anna Johansson hade i hastigheten lämnat tågvagnens ena dörr öppen, trots att det var föreskrivet av tågoperatören att vid tågstopp utefter linjen, skulle tågvagnarnas dörrar inte vara möjliga att öppna.

En passagerare kom fram med en filt, som man lade över den livlösa kvinnan. Någon hade även sprungit tillbaka till tåget och hämtat en kudde, som Anna och Tage lade under kvinnans huvud.

Annas mobiltelefon ringde. Det var från SJs driftscentral. De ville ha mer information. Anna meddelade att kvinnan på järnvägsrälsen framför dem var vid liv, och bad därför driftcentralen att larma räddningstjänsten. En ambulans rekvirerades. Högsta prioritet.

En ambulans fanns på plats vid räddningstjänsten i Västerbro. Den var snabbt på väg. Ambulanssjukskötaren Erik fick mobilkontakt med Anna.

De var överens om att den livlösa kvinnan låg ganska bra på spåret, där hon låg, men man vände henne till ena sidan, så att hon kunde ligga i framstupa sidoläge. Huvudet nedåt. Risken för att hon skulle kvävas om hon skulle kräkas var då så liten som möjligt.

¤

Larmtelefonen inne på polisstationen i Västerbro ringde klockan 22.50 på kvällen. Louise Jönsson, 1:e polisassistent var nära telefonen, och svarade.

Louise Jönsson kände sig sömnig, nu var det sent på kvällen. Avlösning skulle snart ske till kollegor som var beredda att gå på nattpasset.

Louise, 34 år, var uppvuxen i Västerbro. Hon hade 2 barn, sju och nio år gamla. Hon utbildade sig tidigt till polis, «på grund av ett starkt samhällsengagemang» hävdade hon då hon sökte till polishögskolan. Det var många sökande den gången, även många yngre kvinnor, som kände att det var dags att anta utmaningen att försöka ta sig fram på ett traditionellt manligt yrke.

Louise var talesperson för polisen i Västerbro inför media, och hade i den rollen fått mycket uppskattning och uppmärksamhet från sina kollegor och från allmänheten.

Ett speciellt intresse som Louise hade var att hon var engagerad i att bygga upp en kör för hela polisorganisationen i regionen. Hon hade en stark musikalitet i sig. Hon spelade flera instrument och hon hade ett 100% rent gehör. Louise var så känd och omtyckt i Västerbro att vissa menade att hon hade «rockstjärnestatus».

Louise Jönsson uppfattade snabbt att man funnit en livlös kvinna liggande över järnvägsspåret, strax utanför Västerbro. Situationen var akut. Jönsson vände sig mot poliskommissarien Sven Robert, som befann sig i närheten.

Sven Robert, hade hunnit fylla femtiofem år helt nyligen. Robert hade många år bakom sig i polisyrket. Robert hade tjänstgjort som poliskommissarie och därmed chef vid polisstationen i Västerbro i närmare tio år nu.

Tjänstgöringen som poliskommissarie i Västerbro var inte fylld med några större utmaningar, några grövre brott skedde nästan aldrig, vilket ibland bekymrade Robert. Han upplevde vissa dagar på jobbet som tråkiga och trista, fyllda med ointressanta rutiner.

Ett problem som Sven Robert hade med sig själv var en svag självkänsla. Han hade svårt att ta plats både vid polisstationen och i samhället i övrigt. En följd av den svaga självkänslan var att han kände avundsjuka mot bland annat kollegor, som fått större uppmärksamhet i olika sammanhang.

Sven Robert hade svårt att hantera sina konflikter och jobbiga mellanhavanden med andra. Ett exempel på det var det som hände kollegan Lennart Jönsson, gift med Louise Jönsson. Även han var polis och arbetade tidigare vid polisen i Västerbro. Lennart Jönsson och Sven Robert hade ofta haft meningsskiljaktligheter kring hur verksamheten vid arbetsplatsen och ute i samhället skulle bedrivas. Sven Robert hade inte förmåga alla gånger att bemöta Lennarts ofta väl genomtänkta argument.

Resultatet blev att Lennart Jönsson anmodades att söka en högre polistjänst vid polisstationen i Berglindet fem mil norrut. Sven Robert hade kontakter inom regionens polisorganisation, och ledningen där blev informerade. Den enda information som kom fram till den nivån var Roberts version av de två männens konflikter.

De bägge poliserna beslöt sig för att arbeta över den här kvällen och tillsammans åka ut till olyckplatsen. Det var ju nära. Enbart några kilometer utanför bebyggelsen. Tågvärdinnan hade angett exakt besked om det stillastående tågets position. Den obevakade järnvägskorsningen, över vilken den smala skogsvägen till ett ödetorp i närheten ledde var välkänd för de två poliserna.

Under den korta bilfärden med påslaget blåljus, men inga sirener, det var ju tyst och stilla ute nu, pratade Sven Robert och Louise Jönsson med varandra och kunde utan att bli störda fundera på vad som hänt.

– Fan, vilken otur, sa Robert,

– vi som just skulle gå av vårt pass och ta oss hemåt. Det har ju varit en jobbig dag. En massa tjafs kring skolungdomar som snattat i affärer. Föräldrar har ju inte tid att hålla efter sina barn numera. De får vara ute på kvällarna vind för våg. När vi sen kommer och tar in ungarna för förhör, blir det ett jäkla liv på mammorna, för det är ju mest de som finns kvar i ungdomarnas liv. Papporna har ofta stuckit sin väg. Mammorna anklagar oss för att vara för hårdhänta. Som om det vore vårt fel att samhället är på väg åt fel håll! Och går det dåligt i skolan för deras barn är det alltid skolans fel! Fy fan!

Snart hade man kommit fram till den smala vägen som efter ett hundratal meter ledde fram till tåget, som man såg skymta genom granskogen som omgav vägen. Tågets strålkastare var påslagna och ljuset i tågkupéerna var synliga.

Det hade kommit litet puderaktig nysnö på vägen. Det fanns väl synliga färska hjulspår, och snart såg Robert och

Jönsson en bil, Toyota Corolla av äldre modell, stående i en ficka strax bredvid vägen. Det var nära tåget nu. De två poliserna såg att en stor folkmassa hade samlats framför loket.

Framför spåret stod även en av de ambulanser, som man visste var stationerade i Västerbro. «Region Mellersta Götaland, Västerbro» kunde man läsa på ambulansens sida. Två ambulanssjukvårdare hade precis stigit ur ambulansen och närmar sig kvinnan som låg utsträckt över spåret, omsluten av en filt.

Folkmassan runt kvinnan var nu ännu större.

Ljuset från flera mobiltelefoner lyste på de två storvuxna ambulansmännen, som inte hade några svårigheter att lägga den orörliga kroppen tillrätta på båren. Väl framme vid ambulansen sköt man in båren igenom den öppnade bakdelen. Bakluckan till ambulansen stängdes med en smäll. Ambulansen startade och passerade snabbt en liten folkmassa, som även samlats vid ambulansen. Inte ett ljud hördes från de människorna.

– Ja, då är det här snart ute på stan, sa Robert. Vi får se vad man säger på sjukhuset då kvinnan väl vaknar till så småningom. Det börjar bli så pass sent nu, vi kan inte göra så mycket mer i kväll!

Tågvärdinnan Anna Johansson ropade till de passagerare som stod kvar vid spåret i skenet att draglokets strålkastare, att det var dags att stiga på tåget igen. Klarsignal hade kommit från driftscentralen.

Lokföraren Tage Nordin hade redan tagit plats vid förarplatsen. Innan Anna började gå fram mot tåget vände hon sig mot de två poliserna och meddelade, att hon hade lagt märke till att det enbart var fotspår från en person som hon kunde se strax bredvid kvinnan, som låg medvetslös på spåret. Dessutom att det var spår efter stora fötter,

– minst storlek 44 eller 45. Men nu är det svårt att se, för
det har gått så många passagerare här och dessutom ambulanspersonalen, sade Anna.

Medan tåget satte sig i rörelse, gick de två poliserna fram
emot bilen, som stod parkerad strax intill den smala skogsvägen. Sven Robert och Louise Jönsson upptäckte genast, att
det enbart fanns ett spår från en person med stora skor som
utgick ifrån bilens bägge framdörrar. Bilnycklarna satt kvar
i tändningslåset.

– Vi låter bilnycklarna sitt kvar i sitt lås, för det kan ju
vara fingeravtryck där, som vi bör fånga upp, kommenterade
Robert.

– Bra tanke, tänkte Louise, Robert är ju en erfaren brottsutredare.

¤

Framme vid polisbilen kunde Robert och Jönsson via kontakt
med bilregistret snabbt få fram vem som var ägare till bilen.
Det var en Veronika Laforsen.

– Vi får skicka hit våra tekniker tidigt i morgon bitti, sade
Robert efter att han och Louise Jönsson satt sig i polisbilen
och börjat köra tillbaka mot Västerbro. Vi får be någon på stationen att ta kontakt med sjukhuset i morgon också och höra
hur det är med kvinnan som låg på spåret. Det kan ju vara
någon helt annan än den Veronika Laforsen, som äger bilen.

Inom några dagar har vi nog alla fakta i det här. Det här
verkar vara ett rutinärende, ingenting annat. En kvinna som
är trött på livet, sådana finns det gott om!

Under den korta bilfärden tillbaka till polisstationen satt därefter de två poliserna tysta, men det fanns tid för eftertanke.

– Skönt att det snart är fredag, tänkte Louise Jönsson. Hon hade börjat tänka på vad hon och familjen skulle kunna tänkas göra i helgen. Under fredagen skulle hon vara ledig. De två barnen var tio och tolv år gamla, fortfarande var det så, att de var barn tillräckligt för att må bra av att känna trygghet och trivas i Västerbro.

– Det blir annat inom några år, då de blir tonåringar, då kan det bli problem, tänkte Louise, i förvissning om att det var bra att växa upp i en liten småstad på landsorten, medan tonåringarna klagade hejvilt över att det fanns för litet att göra. «Kommunen ordnar ju ingenting», var en vanlig kommentar bland ungdomar i Västerbro.

Louise var nu ännu tröttare. Det var snart midnatt. Hon tänkte alltfler negativa tankar:

– På måndag skall man tillbaka till den här kvarnen igen. Undrat hur vilket humör Sven Robert är på då? Han har varit jättejobbig senaste året sedan han inte fick den där högre tjänsten i en av grannregionerna. Undrar om det räcker som förklaring till att han ständigt hittar fel på mitt sätt att arbeta? Jag som är Västerbropolisens kontaktperson med media kring olika polisfrågor, det är något han alltid kommenterar med en suck. Och att jag är körledare inom polisen, det har han alltid raljerat kring!

– På måndag eftermiddag har vi repetition i Mellersta Götalands poliskör, där jag blev vald till körledare eftersom de tycker jag har en slags musikalisk ådra, som gör att folk tycker jag är en duktig dirigent, och att jag tydligen anses ha goda ledaregenskaper. Det är inte bara Västerbro-kuriren som skrivit om kören och mitt engagemang, utan lokalradion och lokal-TV har hyllat oss. Dessutom dyker det ofta positiva ovationer på sociala medier efter våra framträdanden.

Undrar vad Robert kommer att tycka, att kören efter jobbet på måndag kommer att spela in en konsert, utan publik givet-

vis, som blir med i en körtävling som SVT kommer att sända i höst? Sven Robert kanske är avundsjuk? Han kan ju absolut inte sjunga själv. Han är omusikalisk. Han har aldrig varit bra någon idrott heller. Han är väl inte känd för att vara bra på någonting egentligen.

Kapitel 12

Måndagen 1 mars

Det hade snart gått fyra dygn sedan händelsen vid järn-vägsspåret, där det låg en kvinna med huvudet lagt på rälsen Kvinnan hade omedelbart hade blivit dödad, om tåget på grund av ett signalfel inte hade stannat då lokföraren upptäckte henne.

På polisstationen i Västerbro hade man den vanliga morgonsamlingen, där alla anställda vid stationen deltog som inte var ute på något uppdrag. Det var ett tjugotal poliser med på mötet. Louise Jönsson och Sven Robert hade infunnit sig tidigt.

Med på mötet fanns även polismannen Arne Holm som tillsammans med en polistekniker hade varit till platsen där man fann den medvetslösa kvinnan och en bil som tillhörde en Veronika Laforsen.

Arne Holm inledde mötet genom att informera vad man kommit fram till under fredagen och under den efterföljande helgen.

Utöver Sven Roberts och Louise Jönssons skoavtryck, som man hade god kännedom kring fanns vid bilen mycket riktigt enbart avtryck från en sannolik mans sko, med storlek 45 enligt Holms bedömning. Skoavtrycket fann man vid bägge framdörrarna. Skoavtrycken ledde fram till järnvägsspåret, och därefter fanns avtrycken utefter den lilla skogsvägen, hela vägen upp till landsvägen.

– Vi lät nycklarna sitta kvar i bilen, och vi rekvirerade en bärgare, så att man får gå igenom bilen här hos oss, så att man kan säkra fingeravtryck, för vi kände på oss, med tanke på skoavtrycken att det här verkar skumt, det kan nog vara en person som ligger bakom det här, och då handlar ju det om mord, sade Holm eftertänksamt.

Holm fortsatte sedan att berätta att «i baksätet av bilen hann vi se att det låg en tom ask med ett narkotiskt läkemedel, Fentanyl, ett mycket starkt morfininnehållande läkemedel, som inte var utskrivet av någon läkare och levererat av ett apotek. Det fanns helt enkelt ingen lapp påklistrad med patientnamn, namn på förskrivare, eller apotekets namn som sålt asken. Den text som fanns var författat på dålig engelska, så det är ingen tvekan om att det är insmugglat knark».

Holm berättade också att man funnit en cigarettfimp liggande i den lilla nysnö som fallit under torsdagens kväll. Holm menade att fimpen måste vara från en cigarett som nyligen släckts, eftersom det fanns märken efter smällt snö i den lilla snömängden bredvid. Cigarettfimpen hade man sparat i en plastpåse. Vi kunde se att cigaretten var av märket Marlboro.

Holm fortsatte.

– Så nu har vi fingeravtryck från bilnycklarna, som fortfarande satt kvar i tändningslåset och dessutom från ratten på Corollan och från fimpen. Vi ber även om att vi får framtaget DNA på det. Nationellt Forensic Centrum har lovat prioritera det här. Vi fick stor förståelse och utmärkt bemötande då vi ringde dit.

Louise Jönsson fortsatte.

– Västerbro-kuriren hörde av sig till mig under fredagen trots att jag hade en ledig dag, men det är ju inget media tar hänsyn till. De skall fram till vilket pris som helst. De hade fått in tips kring den här händelsen och dessutom var det ute på sociala media redan på torsdagskvällen att man hade hittat en medvetslös kvinna på järnvägsspåret nära Västerbro.

De hade redan hunnit ringa och prata med lokföraren och tågvärdinnan, som de hade fått tag i via SJs presstjänst.

De fick inte speciellt mycket upplysningar av mig, för vi hade ju inte mycket just då att komma med. Men ändå brassade tidningen på under lördagen med krigsrubriker på nätet och på löpet, att en kvinna hittats medvetslös på järnvägsspåret utanför Västerbro, och att hon var nära att bli dödad av tåget. Tidningen påstår också att polisen inte kan utesluta brott.

Några passagerare hade dessutom tagit bilder på den livlösa kroppen och lagt ut på nätet. Några detaljer från bilderna gick inte att skönja, annat än att det rörde sig om en kvinna.

Sven Robert skruvade på sig, och visade med sitt kroppsspråk att han var missnöjd, det kunde även skönjas i hans tonfall då han sade,

– Ja, men Louise, det vet du väl, att du måste vara väldigt försiktig då du uttalar dig i media! De vill ju alltid tolka in det som sägs, så att när dom sedan rapporterar, då blir det mer intressant för läsaren. Det här gjorde du inte speciellt bra.

– Det var ju bara spekulationer, ett antagande, från tidningens sida, och jag sa ju att jag inte hade sagt något! svarade Louise irriterat och fortsatte.

– Nu går vi vidare och hör vad Arne har hittat mer!? Vad säger du Arne!?

– Jo, i dag på morgonen har vi varit i kontakt med jourhavande läkare vid Västerbro sjukhus. Vi informerade om att en brottsutredning kan bli aktuell, där påföljden kan bli mer än 2 års fängelse, och då vet sjukvården att de inte är bundna av tystnadsplikten, utan de får utelämna uppgifter vi vill hämta in.

Ja, mycket riktigt, kvinnan som infördes till dem på torsdagskvällen, är en Veronika Laforsen. Hon hade sin mobiltelefon kvar i en av ytterfickorna på sin vinterrock. Där fanns även hennes plånbok med körkort, kreditkort och kontanter, så hon hade ju inte varit utsatt för något rån.

Hon kom in till sjukhuset med en lätt sänkt kroppstemperatur. Hon var djupt medvetslös. Hon andades dåligt och syresättningen i blodet var kraftigt sänkt, så hon lades genast i respirator, men i dag på morgonen bedömer man att hon är bättre. Hon andas själv, så hon är uttagen ur respiratorn. Hon reagerar litet mer i dag då man försöker väcka henne, och pupillerna är något större. Hon hade små pupiller då hon kom in i torsdags kväll, som är typiskt vid bland annat morfinpåverkan. Men hon är fortfarande medvetslös. Det ser därför inte speciellt bra ut.

De allra flesta patienterna med någon typ av förgiftning av droger, de brukar vakna upp efter ett – två dygn. De har tagit test på olika typer av droger. Svaret tar litet tid. De skickar proverna till Nationellt Forensic Centrum, och det är ju bra. Svaret på proverna kommer inte den här veckan, utan vi får ge oss till tåls.

En viktig fråga är ju nu hur det går för Veronika. Vi har kollat upp henne. Hon är 45 år. Singel. Inga barn. Föräldrarna döda. Inga syskon. Hon verkar alltså stå ganska ensam i livet.

Hon bor i en liten 2-rumslägenhet, centralt här i Västerbro. Vi ringde till kansliet för Region Mellersta Götaland, där hon jobbar som politisk sekreterare åt Liberaldemokraterna.

Vi fick tag i regionrådet Bergwall. Han lät väldigt bestört och bekymrad. Han sa att han var väldigt förvånad, för han menade att Veronika alltid var glad och tillmötesgående under de diskussionsmöten man hade mellan partierna.

Eftersom Liberaldemokraterna är i opposition, kan de gå ganska hett till, men Bergwall sade att när Veronika deltog så hade hon en förmåga att parera eventuella angrepp från sin motståndarsida.

Bergwall sade också att han inte visste något om hennes privatliv, men vad han hört ryktesvägen, så levde hon lugnt och stilla, få vänner, och inget festande eller uteliv.

De församlade poliserna konstaterade att man inte kunde göra så mycket mer i avvaktan på undersökning av eventuella fingeravtryck på bilnycklarna och Veronikas Toyota. De mystiska fotavtrycken konstaterade man, att dem kunde man inte komma vidare kring just nu, likaså, vem hade rökt på cigaretten, vars fimp man hittade i nysnön?

◻

Innan man skingrades sade Louise med hög röst så att alla församlade poliser hörde:

– Jo, ikväll skall ju vi i poliskören träffas och göra en inspelning, som vi lägger ut på Youtube och sociala medier. Alla repetitioner har ju gått bra, så det är bara att köra. Västerbro-kuriren kommer också och bevakar, likaså lokal-TV. Det skall bli kul.

Sven Robert som varit tyst länge kommenterade torrt.

– Ja men Louise, har du inte varit med i media tillräckligt mycket nu för din egen del. Nu måste vi koncentrera oss mer på det här nya ärendet vi fått på halsen med mystiken kring Veronika Laforsens situation.

Det är ju inte alls säkert att det som hände var ett självmordsförsök, utan vi måste hålla alla vägar öppna här och se vad som händer kring henne på sjukhuset, och du, Holm, du har gjort ett fantastiskt bra jobb så här långt i detta. Du gör ju väldigt bra jobb i andra sammanhang också, inte minst fin information kring olika ärenden som vi har att göra med. Louise, du kanske skulle ta lärdom av Holm!?

Louise Jönsson svarade inte på angreppet, utan hon upprepade för de poliser som var kvar i rummet och som tillhörde poliskören att de måste komma till den samling som var inplanerad på kvällen.

Innan Louise och Sven Robert skiljdes åt poängterade Robert för Louise att tänka på coronarestriktionerna som fortfarande gällde i hela landet, att hålla avstånd och inte vara fler än åtta personer i en grupp, där inte alla i gruppen var familjemedlemmar.

Kapitel 13

På kvällen samma dag möttes polisregionens kör i en lokal i närheten av polishuset, där man hade haft sina repetitioner under den senaste tiden. Louise Jönsson var på plats tidigt. Hon kände stark glädje över att ett körframträdande inför media snart skulle bli verklighet.

Det så kallade corona-året hade pågått ett år nu. Louise kände att det var som man hade lagt en våt filt över världen och mänskligheten. Inga scenframträdanden inför publik hade varit tillåtna.

Det hade staten sett till att informera om via Folkhälsomyndigheten. Att sammankomster utanför den egna familjen med mer än åtta deltagande personer fick inte förekomma, det visste alla om.

¤

På plats under körframträdandet var en polis, Monika Unger, som spelade in framförandet med sin kamera. Det insamlade materialet lade sedan Monika ut på Youtube, och klickande man på Mellersta Götalands poliskör, så kom just den här konserten upp. De melodier man sjungit var Gärdestads «Sol vind och vatten» och «Kärleken är störst». Dessutom sjöng man «Some die young» av Laleh och «Du måste leva», som var nyinsjungen av Newkid och kommit långt på Svensktoppen. Det är sånt som man visse att folk tycker om.

Flera av körmedlemmarna var sedan inte sena att lägga ut Youtubeinslaget både på Facebook och Instagram. Ett reportage med bilder som Louise egenhändigt skrev ihop på plats på kvällen, sändes till kulturredaktionen på Västerbro-kuriren, med en förhoppning att tidningen skulle publicera reportaget redan dagen därpå.

¤

Dagen därpå träffades de poliser som kunde närvara under sin sedvanliga morgonsamling på stationen i Västerbro. Stämningen var hög. Flera av de närvarande poliserna var glada och uppspelta.

– Det här blev väldigt bra, sade Monika Unger. Hon var tvungen att höja rösten så att alla i rummet hörde. Monika fortsatte.

– Det har kommit jättemånga likes på Facebook, dels på mig och även på kontot som vår polisstation har där, för jag la ut det där också. Dessutom har det varit massvis med delningar. Kul, och lokal-radio, det var det någon som sa, att det skulle komma och intervjua dig Louise i dag!? Toppen!

Sven Robert satt stilla på sin stol under hela tiden samtalen pågick. Sedan tog han fram dagens nummer av Västerbro-kuriren och ställde sig upp i rummet. Han höll upp förstasidan av tidningen, och pekade på en bild av poliskören under gårdagens inspelning. Sven Robert hade inte någon möjlighet att dölja att han var ursinnig, och högröd i ansiktet sade han med hög röst så att ingen i rummet kunde missa vad han hade att säga:

– Men Louise, vad fan håller du på med! Du vet ju att ni inte får vara fler än åtta i kören, och jag ser ju tydligt att ni är betydligt fler! Tio kanske!? För jag ser ju på bilden att även om man tror att det enbart åtta poliser som sjunger i kören, så ser man, om man tittar noga, två personer till, som skymtar i bakgrunden. Jag ser ju att Sven Johansson och Åke Morberg, som är två ankare i kören, givetvis också är med.

Eller hur Louise och Monika, du var ju också där och spelade in en video, som jag inte hunnit titta på. Jag vet inte heller om jag kommer att göra det, körsång är inte min likör. Vad säger du Louise, som är ledare för de här galenskaperna!?

Louise var inte sen att svara.

– Javisst, det stämmer, men egentligen var vi ju tolv, för jag dirigerade utanför bilden, och Monika filmade. Men vadå, man ser ju bara åtta personer på bilden och i videon, och inga namn på de medverkande nämns heller! Jag förstår inte att du reagerar som att hela jorden går under nu för att vi smittar mänskligheten med covid!

Sven Robert verkade ha lugnat sig något, men sade nu med en mer kontrollerad röst.

– Ja, men vi måst komma ihåg att vi på polisen om några måste föregå med gott exempel, om vi vill vara trovärdiga mot allmänheten, så det här måste jag, som chef här på stationen gå vidare med.

Poliserna, som var kvar i lokalen tittade förvånat på varandra. Alla hade blivit allvarliga. Den uppsluppna stämningen i rummet var som bortblåst.

– Nu tycket jag att du överreagerar, du måste lugna ned dig, sade Monika Unger. Hon lät bekymrad.

Louise svarade inte alls på Roberts angrepp, utan satt kvar på sin stol utan att egentligen röra en min, annat än att kroppsspråket antydde uppgivenhet.

– Jag kommer att ringa chefen för vår region i dag, Bertil Holmblad, som några av er känner. Han började ju sin poliskarriär här i Västerbro en gång i tiden. En klok man, fortsatte Sven Robert.

Kapitel 14

Sven Robert ringde samma dags eftermiddag till högste chefen för polisregionen Mellersta Götaland, Bertil Holmblad. Robert och Holmblad kände varandra sedan flera år tillbaka. Samtalet kom snabbt in på den frustration Sven Robert upplevde kring poliskörens framträdande kvällen innan.

– Jag tar upp det här på Youtube, sa Holmblad medan han höll kvar telefonen i den ena handen och på sin dator med den andra handen öppnade och följde poliskörens framträdande kvällen innan.

Holmblad fortsatte.

– Det där låter ju väldigt bra, fantastiskt fint framförande. Se så många gillanden kören får. Det här är ju väldigt bra marknadsföring för polisen!

Sven Robert var definitivt inte lika positiv.

– Ja, men Bertil, det värsta är ju att det är helt klart att de bröt mot pandemilagens corona-restriktioner på ett väldigt klart sätt. De var ju tolv personer i en möteslokal, tio i kören och dessutom kollegan som spelade in videon som lades på Youtube, och sedan körledaren Louise Jönsson. Hon är polis på vår station sedan några år tillbaka och dessutom informatör till media.

Hon är säkert duktig, men har en jobbig egenskap i att när hon framträder i media, exempelvis lokal-TV, då uttrycker hon sig ofta som att det är hon enbart som jobbar med brottsbekämpning. Hon kanske är narcissist? Det passar inte in hos oss tycker jag. Inom polisen är vi ju ett team!

– Ja, men vad menar du att vi skall göra åt det här som hände igår, har du något att föreslå? genmälde Holmblad.

Robert var inte sen att svara.

– Det enda vi kan göra, och det är ju också för att visa att samhället menar allvar med corona-restriktionerna, det är att med omedelbar verkan ta Louise ur tjänst och vi måste ju även tyvärr anmäla henne, alltså helt enkelt polisanmäla henne. Då får åklagarkontoret sedan titta närmare på det här för att se om de också skall gå till åtal.

Ja, jag vet att då hamnar den här historien direkt i media som exempelvis Västerbrokuriren och Västerbronytt om vi polisanmäler. Det kommer upp i media i alla fall, även om vi inte polisanmäler, för Louise och hennes kompisar kommer att lägga ut det här, som dom uppfattar det. Louise är ofta på Facebook har jag hört på omvägar, för jag är själv inte med där.

Det blev en talande tystnad i telefonen innan till sist Holmblad svarade.

– Men Sven, nu förstår jag dig inte, nu går du för långt. Den här saken kan vi ta internt även om media hör av sig. Vi säger att vi tillsatt en internutredning helt enkelt, och sedan då det gått en tid, då är den här historien glömd. Det dyker ju upp något nytt hela tiden, dels brott mot pandemilagen, och dessutom andra brott i synnerhet.

Sven Robert var inte sen att svara på Holmblads förslag.

– Om du inte går med på mitt förslag, så har jag ingen annan utväg här än att jag slutar som kriminalkommissarie i Västerbro och börjar jobba i en annan region. Du vet ju att det stor brist på poliser, som har kommit en bra bit i sin karriär. Jag tas nog emot med öppna armar i alla de andra polisregionerna om du väljer att se mellan fingrarna. Jag kan ju inte agera mot Louise på egen hand, utan jag måste ha dig i ryggen, för det kommer säkert en del protester från olika håll. Louise är ju väldigt populär hos vissa.

Holmblad var tyst i andra ändan av telefonen. Han samlade sina tankar innan han svarade.

– Ja, Sven, du har rätt. Vi kan inte tysta ned det här. Vi måste agera så snabbt som möjligt, annars kommer någon i allmänheten att upptäcka övertrampet i går kväll, och då blir den här saken bara värre för oss inom polisen här. Då kan det bli svettigt när olika media här av sig, och eftersom vi polisanmäler henne, så kan vi ju ta henne ur tjänst, annars skulle ju en varning vara det man börjar med.

åste tänka på att det inte är kul att få facket på halsen! Jag måste i vilket fall informera Nordin i regionens polisförbund i dag, så att han är informerad tidigt, annars blir han bara förbannad för att han inte är sedd. Det är inte bra om det här kommer som en överraskning för honom. Men Sven, det är bra om du tar det här med Louise, eftersom du är hennes närmaste chef.

Kapitel 15

På kvällen samma dag, var middagen just avslutad hemma
hos Louise och hennes make och kollega, Lennart Jönsson.
Barnen fanns på rummen. Läxläsning pågick. Det klingade
till i Louises´ mobiltelefon. Det var ett SMS avsänt från en
av polisstationens tjänstetelefoner med texten:

*« Louise Jönsson, polisregionens högste chef, Bertil Holmblad,
har mot bakgrund av den nya pandemilagen bestämt att du tages
ur tjänst. I morgon förmiddag kommer några poliser ut till dig.
Var god att lämna dem din polislegitimation och dina nycklar
till polisstationen!*

En förundersökning kommer att ske via åklagarkontoret.

Sven Robert, poliskommissarie.»

Louise och maken Lennart satt kvar på köksstolarna. De var
som förstenade.

Lennart Jönsson var den som till sist sa något.

– Men vad fan är det som pågår. Robert gör allt han kan
för att krossa oss. Först såg han till att jag inte trivdes på hans
station, så att jag måste hålla på att pendla upp till Berglindet.
Sedan det här.

Louise var en lugn människa. Hon tog SMS-meddelandet
med god fattning och kommenterade inte makens oro på en
lång stund men sade sedan uppgivet.

– Jag hamnar kanske uppe i Berglindet jag också, när det
här är uppklarat. Det är ingen ide´ att jag protesterar mot Ro-
bert, för det är klart att det är han som ligger bakom det här.
Holmblad är ju en hygglig och trevlig karl, han har absolut
inte tagit det här initiativet. Polisfacket kan säkert inte göra
något heller, för Robert har ju även anmält mig till åklagar-

kontoret. Förundersökning gör ju att facket håller sig undan. Vilken jävla fegis Sven Robert är, som sänder SMS, i stället för att prata med mig mellan fyra ögon!

Jag tänker inte sätta mig vid datorn nu och lägga ut något på Facebook och Instagram, det brukar jag ju bara göra om allt möjligt annat, som inte berör mig. Nej, jag vill inte göra något kring det här som handlar om mig. Jag känner att jag vill vara lojal om vår arbetsgivare, även om polismyndigheten struntar totalt i mig.

Det är ju ganska sent nu så Västerbro-kuriren och Väster-bronytt får inte det här förrän i morgon, då dom läst polis-anmälningar som kommit in, och dom kommer ju inte att skriva vilken person det gäller, för straffskalan är ju så låg när det gäller brott mot pandemilagen.

Lennart Jönsson märkte att hans fru Louise kände sig upp-given och ledsen, på gränsen till gråt. Han la sin arm runt henne, och sa.

— Det kommer att ordna sig. Våra kollegor på stationen kommer att reagera och få Robert att ändra sin idiotiska upp-fattning. Han är en väldigt speciell person, kanske psykopat, vad vet jag? Vi lägger barnen nu. Sedan kan vi kanske titta på en film på Netflix några timmar. Nej, jag gör inte det. Jag kommer nog inte att kunna koncentrera mig på en film. Jag kommer att få lika svårt som du att kunna släppa det här övergreppet från Robert i första taget. Vi kommer nog att få svårt att sova i natt.

Kapitel 16

Vid 9-tiden dagen därpå ringde det på dörren hos Louise. Det var en av poliserna, Rickard Berg, vid Västerbropolisen, som hade kommit för att hämta polislegitimationen och Louise´nycklar till polisstationen.

Louise hade knappast sovit något alls under natten när hon öppnade ytterdörren. Tankarna som hon brottades med kring det som hon upplevde som ett övergrepp från Sven Roberts sida och tankar kring framtiden hade malt i henne hela tiden.

Vad skulle hända nu? Söka en ny arbetsplats? Kanske börja jobba i Berglindet, som Lennart? Lämna yrket? Nej, det var tankar hon slog ifrån sig nästan direkt. Kämpa emot rättsapparaten? Nej, det var ingen idé, tänkte Louise. *Jag har mött tillräckligt många rättshaverister under min tid som polis. Dessutom, så är det ju så, att det var 10 i kören, och man får inte vara fler än 8.*

Eller är det någon idé för mig att försöka bli sjukskriven och då kanske Försäkringskassan kan genom någon typ av rehabiliteringsinsats kan nå arbetsgivaren som får dem på andra tankar.

Men nej, det känns ändå dödfött för att Olle Pedersen, en poliskollega, han gick ju in i väggen, eller utbrändhetsdepression tror jag det heter Han ville bli sjukskriven för att orka komma igen. Efter ett samtal under en timme med en vänlig och empatisk distriktsläkare blev han också föreslagen sjukskrivning, men Försäkringskassan nekade honom sjukpenning, för att de menade att han inte var tillräckligt sjuk, han ansågs inte arbetsoförmögen. Och det kunde man hävda utan att ha pratat med Olle, som överklagade beslutet.

Då återkom Försäkringskassan och meddelade att de konsulterat en av sina förtroendeläkare, som man manade var erfaren, och kunnig i den här typen av påstådd arbetsoförmåga. Det visade sig, då Olle grottade ned sig i frågan att den aktuelle förtroendeläka-

ren var en pensionerad röntgenläkare, som hade tagit jobbet för att ha något, dessutom mycket välbetalt, att göra. Olle hade då sänt in en fråga till Försäkringskassan, om det inte var lämpligare att anlita en psykiatriker som expert i sammanhanget, men fick som svar att några läkare med lämpligare meriter gick inte att finna. Beslutet från Försäkringskassans sida ändrades inte.

Då lyckades Olle få tjänstledigt under några månader i stället, och sedan arbetade han sig tillbaka med stor möda. Men det kostade på hans ekonomi, ensamförsörjare med tre barn som han var just då.

¤

Louise kände sig litet gladare efter att hon öppnat ytterdörren och släppt in Rickard Berg. Louise tyckte bra om honom. Rickard var en av medlemmarna i kören. Hon upplevde honom som glad och spontan, alltid rättrådig. Många sa att han var en framtidsman inom polisorganisationen.

Direkt efter att Rickard hade kommit innanför ytterdörren sade han med eftertryck.

– Det här är ju alldeles för jävligt att Robert tagit dig ur tjänst. Vi har pratat om det här under morgonen, då Robert inte var närvarande, och jag skall skriva en protestlista, som jag hoppas att alla kollegorna på stationen skriver på.

Louise svarade.

– Tack för det Rickard, jag är glad för allt stöd, men jag tror inte att det kommer att leda till så mycket annat än att när Robert blir varse den listan, kommer han att göra allt för att se till att de som skrivit på hamnar ute i kylan. Tyvärr, han är sån. Men lycka till. Jag är väldigt glad över allt stöd jag kan få!

¤

På eftermiddagen samma dag hade Rickard Berg skrivit en skrivelse, riktad till Mellersta Götalands polismyndighet, med texten:

Vår kollega, Louise Jönsson, har under flera år varit föredömlig i sitt arbete som polis inom vår polisregion. Hon har alltid varit rättfärdig och lojal mot sin arbetsgivare. Vi förstår och accepterar inte att hon nu, mot bakgrund av ett misstag i samband med Poliskörens framträdande, tagits ur tjänst. Vi kräver att hon snarast återkommer till sitt arbete.

Rickard Berg skrev först sitt eget namn överst på listan. Det fanns gott om utrymme på A4-bladet, under de få textrader som klart deklarerade vad man ville åstadkomma med sin aktion.

Rickard använde därefter den sista timmen av arbetsdagen åt att gå runt till sina kollegor. De flesta höll på med att avrunda arbetsdagen. Vad Rickard möttes av var positiva attityder och gillanden från kollegorna kring Rickards initiativ.

Någon mer underskrift blev det inte den dagen, utan vad många av poliserna uttryckte var att, *«jag har inte tid just nu», « jag tittar på det här till i morgon», eller «jag måste ta mig en funderare».* När Rickard kontaktade Arne Holm möttes han däremot inte av någon positiv attityd, utan Holm menade att *«sådant här larv skall vi inte syssla med inom polisorganisationen, och att det nu är planerad en förundersökning kring eventuellt brott mot pandemilagen, det gör att vi skall hålla oss borta från allt stöd till Louise».*

¤

Dagen därpå, när Rickard Berg kom in i polisstationens fika-
rum vid 10-tiden på förmiddagen, var det ganska få poliser
kvar i rummet. Sven Robert var däremot kvar i lokalen. Han
avslutade snabbt läsandet av dagens Västerbro-kuriren, drack
den sista skvätten ur kaffekoppen, ställde den urdruckna kop-
pen i stället på en diskbänk i rummet. Han lämnade därefter
rummet utan att vare sig hälsa på Rickard Berg eller ge ho-
nom en igenkännande blick.

Rickard Berg fick aldrig några fler underskrifter på sin skri-
velse, utöver den egna namnteckningen.

¤

Den närmaste tiden fanns att läsa flera inlägg i media från
olika personer som uttryckte sin frustration över det som hänt
Louise Jönsson.

Exempelvis uppmanade man polismyndigheten och alla
andra statliga myndigheter att *«se till att inte deras goda an-
seende skadades ytterligare, utan man menade att den polis som
var tagen ur tjänst skulle komma tillbaka».* Man uppmanades
*«att be henne offentligt om ursäkt och i stället avskeda de chefer
som låg bakom detta övergrepp».*

Kapitel 17

Tidigt på förmiddagen kom det ett telefonsamtal från sjukhuset till polisstationen i Västerbro. Det var överläkaren Jan Birgerson som ringde. Han hade det medicinska ansvaret för Veronikas vård efter att hon flyttats från intensivvårdsavdelningen till en vanlig medicinsk vårdavdelning. Sven Robert tog samtalet.

Jan Birgerson inledde.

– Jo, jag vill ringa till polisen och meddela mig kring Veronika Laforsen. Hon kom ju in till oss djupt medvetslös i slutet av februari, efter att man hittat henne i ett utsatt tillstånd på järnvägsspåret utanför Västerbro. Men den blev ju inte som hon ville, alltså dö, utan tåget hade fått stopptecken strax innan och lyckades stanna strax före där hon låg. Ja, allt det där vet du ju tidigare.

– Ja, vi har tittat på den här saken. Det finns några frågetecken kring henne, men det kanske kan få sin förklaring om hon vaknar upp, vilket vi ju hoppas. För då kan vi ju ha ett samtal med henne. Sedan kan vi nog lägga ned ärendet. Vi har haft en hel del annat att reda ut internt i vår organisation under tiden som gått. Det har du säkert läst om i media, svarade Robert.

Birgerson fortsatte samtalet.

– Ja, nu har hon faktiskt efter lång vårdtid vaknat till mer och mer. Hon börjar bli mer och mer pratbar, så efter några dagar till kan ni säkert komma hit till sjukhuset och förhöra henne. Men vad som hände var, att hon kom in med låg puls, lågt blodtryck och lågt syre i blodet. Hon andades väldigt få andetag per minut. Vi förstod inte då vad som låg bakom det egentligen, för vi visste ju inte att Veronika är narkoman, och måste ha levt under radarn!

Sven Robert var helt tyst några sekunder innan han svarade.

– Va, menar du det, sådant brukar vi veta om inom polisen, vi har ju skaplig koll på de som är missbrukare i Västerbro, men visst, vissa kan konsten att hålla sig undan.

Birgerson fortsatte.

– Ja, det visste vi ju inte egentligen förrän först nu, för då hade vi kunnat sätta in ett speciellt motgift vid sviktande andning på grund av intag av en så kallad opiod, ett slags morfin i dagligt tal, som hon hade tagit i en väldigt hög dos. Våra blodprover visade det, för svaret på dem kom idag, det brukar ta lång tid.

Hon hade även en så kallad bensodiazepin i blodet också, ett vanligt lugnande läkemedel, men som även användes mycket i missbrukarleden.

Men oavsett det, den dos som hon hade i blodet av någon typ av morfin, var dödlig även hos den som är van att ta det dagligen. Men det visste hon givetvis, för att ta en vad vi kallar överdos av ett morfinläkemedel, det vet narkomanerna, att det är livsfarligt. Vissa tar en överdos av misstag, och andra tar det för att göra slut på sitt liv. Att man som i Veronikas fall dessutom lägga sig på ett järnvägsspår med mycket Stockholmstrafik talar väl sitt tydliga språk!

Dessvärre har hon tydliga tecken på att hjärnan tagit skada av syrebristen hon fick av den dåliga andningen, innan hon hittades. Men hon visar glädjande också tecken på att hennes medvetandegrad förbättras hela tiden, så prognosen ser ganska bra ut. Som sagt, ni kan nog ganska snart komma och prata med henne, inom några dagar kanske.

Sven Robert var tyst en kort stund till innan han svarade.

– Oavsett vad det här i grunden handlar om, så visar ju det du säger tydligt, att Veronika har intagit narkotika, som hon med stor sannolikhet inhandlat illegalt. Därför måste jag upprätta en anmälan om misstanke om narkotikainnehav, för eget bruk i första hand. Jag ringer till åklagarmyndigheten och berättar, för de kommer att upprätta en förundersökning.

Jag kommer också att be om att polisen i det ärendet får göra en husrannsakan, även utan lägenhetsinnehavarens vetskap i det här fallet. Tack doktor Birgerson för det här vi fått veta just nu. Återkom så fort du bedömer att vi kan komma och göra ett första förhör. Nu är hon ju brottsmisstänkt!

Kapitel 18

Samma dags eftermiddag hade tillståndet för att göra husrannsakan kommit. Sven Robert och Arne Holm begav sig till lägenheten på Nygatan 11, där Veronika hyrde en lägenhet på 2:a våningen. Vicevärden var kontaktad i det fastighetsbolag, som ägde fastigheten. Han hade huvudnyckeln till Veronikas ytterdörr.

Men huvudnyckeln behövde man inte använda, för när man tog i dörrens handtag, gick dörren att öppna. Dörren var inte låst. På golvet innanför låg stora mängder post och reklam. De tre männen gick försiktigt runt i lägenheten. De lade märke till att allt föreföll vara i god ordning, förutom i hallen, bredvid klädeshängaren för ytterkläder. Där låg några ytterkläder på golvet.

På ett bord i hallen låg en mobiltelefon. På insidan av mobiltelefonens fodral stod det i stora bokstäver:

Mårten Bergwall, marten.bergwall@regionmellerstago taland.se

Men vad betyder det här, det är ju regionrådet här i regionen, det framgår ju av mejladressen, och det högsta hönset regionen dessutom, sade Robert förvånat, och stoppade därefter ned telefonen i en plastpåse.

På köksbordet låg en läkemedelsförpackning, som var i stort sett tom. Det satt ingen papperslapp med förskrivningsinstruktioner på asken. Texten var på engelska. På texten kunde man klart se att innehållet var Fentanyl.

– Här har vi ett tydligt bevis, att Veronika är morfinist och att hon tog det här innan hon åkte iväg och lade sig på järnvägsspåret, och hon hade ju samma sorts morfin liggande i bilen dessutom, sa Arne Holm.

Sven Robert replikerade.

– Sakta i backarna, om det är tillräckligt och tydligt, det bestämmer tingsrätten, men det är ju tillräckligt för att åklagarna fortsätter ha sin förundersökning öppen. Att Veronika hade morfin i kroppen det vet vi, men vi vet ju inte om hon ägde just den här förpackningen. Fentanyl är nog det mest använda knarket här i Västerbro just nu. Det är det starkaste morfinet som finns på marknaden. Det köps ju från någon typ av tillverkare i Kroatien. Knarkarna köper mycket bensodiazepiner därifrån också.

Asken med Fentanyl lades i en egen plastpåse. Veronikas dator tog man också i beslag. Ytterdörren till lägenheten låstes den här gången och de två poliserna tog sig tillbaka till polisstationen. De konstaterade att de skulle kalla in en polistekniker, som fanns i beredskap för att snabbt kunna undersöka fingeravtryck på asken med Fentanyl och på mobiltelefonen.

Men att öppna den beslagtagna mobiltelefonen och läsa informationen i den, det konstaterade de två poliserna, att det kunde man inte göra. Mobiltelefonen tillhörde ju inte Veronika, utan dessutom ju en mycket känd politiker med en hög position i regionen. Mårten Bergwalls telefon hade man ändå för avsikt att ta i beslag några dagar.

Veronikas mobiltelefon däremot, som fanns i hennes ytterkläder då man fann henne, den hade man redan varit till sjukhuset för att hämta, så fort åklagarmyndigheten beslutat om en förundersökning. Brottsmisstanken var ju i första hand, «narkotikainnehav för eget bruk».

✷

Det hade nu blivit ganska sent på dagen. Både Sven Robert och Arne Holm bestämde sig för att avsluta arbetsdagen och bege sig hemåt. På vägen ut mot huvudentrén av polishuset sade Sven Robert.

– Jo, Arne, nu får jag ta mig hemåt igen. Jag brukar gå, jag har ju nära hem, fem minuters gångväg från centrum. Var bor du? Det var lätt att se på kroppsspråket att Sven Robert egentligen var ointresserad av Arne Homs svar. Tonläget var helt i avsaknad av nyfikenhet, för egentligen visse Sven Robert var Arne Holm hade sin bostad. Att ha någorlunda kunskap om polisernas privatliv vid stationen, det upplevde Robert som något viktigt.

Arne Holm svarade vänligt.

– På Industrivägen, i det nybyggda bostadsområdet på andra sidan stan, nära motorvägen, som Västerbrobostäder byggt nyligen. Jag hyr en 2:a. Det är dyr hyra tycker jag, ca 8000 per månad. Jag måste försöka ta mig därifrån. Jag känner igen många av dom vi tar in till oss. Det finns mycket narkotikahandel i dom kvarteren. Det är ingen bra uppväxtmiljö, om jag skulle träffa någon, så att vi kanske skaffar barn. Var bor du själv?

Sven Robert var inte sen att svara.

– Vi bor, jag och min hustru, barnen är utflugna, i ett drygt 100 år gammalt 10-rums hus, en träkåk, vid Västerbrosjön, på Strandvägen. Gatan heter så, för det är enbart strandtomter där. Där är det lugnt och stilla. Ingen trafik, inga stökiga barn och ungdomar. Absolut ingen narkotika, ingen alkohol heller för den delen annat än ett glas vin i trädgården tillsammans med vänner under ljuvliga sommarkvällar. Vi har givetvis egen brygga, så ibland tar vi oss en båttur.

Vår hyra är absolut inte på samma nivå som din hyra, för huset är nästan betalt numera. Vi skulle inte ha råd att flytta till Industrigatan.

Utan att titta sig om fortsatte Sven Robert ut genom polisstationens ytterdörr och fortsatte att prata,

– Arne titta förbi någon kväll om du känner att du har tid.
Vi brukar inte åka någon stans den här årstiden. Solen är
uppe längre nu, så vi brukar ta oss en promenad på isen på
sjön. Vi har en förtjusande trädgård också. Den kan du ta en
tur och titta på i sommar. Den brukar många tycka om även
om man inte är intresserad av blommor!

Kapitel 19

Efter ytterligare ett par dagar var polisens tekniker klara med undersökningarna kring Veronika Laforsens mobiltelefon och dator i hemmet.

Man hade lyckats komma åt allt det innehåll man ville finna. Fingeravtryck hade man tagit på olika föremål i Veronikas bostad, där man tänkt sig att ingen annan tagit i föremålen, ex tandborste, hårfön och andra helt personliga föremål, där man vet att de används enbart av samma person. Man hade även varit förbi vid sjukhuset och tagit Veronikas fingeravtryck, hon var visserligen inte vid fullt medvetande, men underställd en förundersökning för narkotikainnehav.

Sven Robert och Arne Holm fick en både skriftlig och muntlig redogörelse på förmiddagen.

Det visade sig att fingeravtrycken på Bergwalls mobiltelefon, som fanns på ett hallbord i lägenheten även fanns på ratten och bilnycklarna i Veronikas bil. Vad som polismännen upplevde som mycket intressant var att på fimpen, som låg i den nyfallna snön bredvid den smala vägen ned till järnvägsspåret. Där fanns enbart samma fingeravtryck som på Bergwalls mobiltelefon. Fimpen var väldigt lång, från en cigarett som knappt var använd än till några få bloss.

Martine Persson, som varit polistekniker i tjugo år, var den som ledde den tekniska undersökningen och även fördjupat sig i den utredning som pågick kring Veronika Laforsens utsatthet på järnvägsspåret.

– Vi kommer nu att analysera DNA på det som går här, exempelvis fingeravtrycken på ratten och på bilnycklarna i

Veronikas bil, och på fimpen vi hittade, där finns det absolut DNA. Nationellt Forensic Centrum har mycket att göra just nu, men jag vet att de ställer upp och jobbar över då det gäller brådskande ärenden. Veronika röker inte, det har vi kollat, så vad är det här? Veronika var absolut inte ensam då hon lade sig eller kanske helt enkelt blev placerad på järnvägsspåret!?

Martine Persson fortsatte sedan att redogöra kring vad man fått fram vad gäller detaljer kring telefontrafik, SMS och mejl i Veronikas telefon och hemdator.

– De uppgifter vi har i Bergwalls telefon, jag tänker exempelvis på SMS och mailtrafik, det kan vi ju inte titta på, eftersom Bergwall ju inte är misstänkt för något brott. Vi får ju inte titta in i personers privatliv utan att en förundersökning är bestämd. Men, däremot har vi tittat igenom Veronikas trafik i de här systemen, och det är nog väldigt intressant för dig Robert, du som väl är förundersökningsledare!?

Robert svarade utan någon sekunds tvekan.

– Vi brukar inte ha någon speciell förundersökningsledare, när det gäller narkotikabrott, men det känns som att det finns något mer här utöver narkotikan och självmordsförsöket, så absolut, jag kan ta på mig den uppgiften.

Martine Persson fortsatte.

– Bra, för den här saken kan vara betydligt större, än vad ni trodde från början. Det vi sett i Veronikas mobil och i hennes hemdator är väldigt intressant, och ganska så sensationellt!

I mobilen har vi sett att hon haft ganska många samtal med en person i Stockholm som heter Robert Norman. Han är bosatt i Stockholm. Vi har haft kontakt med Stockholmspolisen, och enligt dem är Robert Norman mångårig missbrukare av bland annat kokain och heroin. Han hade ett fast arbete. Han var inte känd inom socialtjänsten för något bidragsberoende.

Robert hade en förmåga att hålla sig under radarn flera år, men vid ett tillfälle hade han blivit dömd för ringa narkotikabrott, innehav av kokain, i samband med ett tillslag som Östermalmspolisen gjorde för några år sedan. Robert fanns därför i belastningsregistret. I narkotikakretsar kallar man langarna för «kran», och det verkar som att Norman har varit Veronikas kran. Några mejl och SMS verkar dom inte ha skrivit till varandra, av någon slags försiktighet kanske?

Men vad som är ännu mer speciellt i det här, det är en mejlkommunikation som Veronika haft med regionens högste politiker, Mårten Bergwall! De skriver genom sina privata mejladresser, och någon annan än regionrådet som Veronika kommunicerade med någon dag innan hon påträffades på järnvägsspåret, det är det ingen tvekan om. Det finns ju fler personer i landet med det namnet.

I vilket fall skrev Veronika till Bergwall, att hon hade riggat upp en videokamera i Bergwalls hotellrum på hotell Knallskottet, och att «filmen visade att du delade säng med Marianne hela sista natten nyligen på konferensen!».

Bergwall svarade efter några timmar att «vad menar du med det, vart vill du komma, vet du inte att det är olagligt att rigga upp filmövervakning på olika platser utan tillstånd! Är det något du vill ha i utbyte mot att förstöra filmen!?»

Veronika svarade då, «ja för att det handlar inte bara om otrohet, utan också om trovärdighet för dig, för du sade ju nyligen i media, att folk i regionen skulle följa Folkhälsomyndighetens uppmaning att hålla avstånd och inte umgås nära med människor utanför den egna familjen, och Marianne Pettersson tillhör ju inte din familj. Inte än i alla fall, vem vet vad som är på gång!?

Jag vill prata med dig, för jag vill att du engagerar dig mer för att förbättra vården för dem som har beroendeproblem i regionen. Några andra som bryr sig finns ju inte. Det finns ju ingen patientförening som jobbar för den här gruppen givetvis. Kan vi ses hemma hos mig på torsdag kväll?»

Martine Persson fortsatte sin redogörelse.

– Det kom inget svar i något mejl från Bergwall, men det fanns några telefonsamtal mellan honom och Veronika, det senaste på eftermiddagen, torsdagen den 25 februari. Men sedan finns ingen mer kommunikation, för samma dags kväll hittades ju Veronika på järnvägsspåret.

Vi har gjort en del dörrknackning i Veronikas trappuppgång och i huset där hon bor. Det var inte så lätt. Det bor ju inte så många där på den gatan. Vi pratade med en kvinna, Ulla Boberg. Hon bor i samma trappuppgång som Veronika Hon har ingen TV, varför vet jag inte. Hon lyssnar mest på radion säger hon, och tittar ut genom fönstret för att se om det händer något spännande på gatan, som det ju nästan aldrig gör.

Inte förrän nu, så Ulla var nästan i extas då vi pratade med henne. Hon tog god stund på sig att oja och beklaga sig över vad som skett, för hon hade givetvis tagit till sig vad som stod i tidningen, och spekulationer i trappuppgången hade redan börjat kring att man trodde det handlade om Veronika, för ingen hade sett henne sedan torsdagen.

Hon hade ju intressanta upplysningar innan vi frågade henne, att hon på torsdagskvällen hade hon sett Veronika ledas ut från huset av en medelålders man, som hon bara såg ryggtavlan på, så hon kunde inte se vem det eventuellt kunde vara. Dessutom var det ju mörkt ute. Enligt Ulla Boberg staplade och raglade Veronika fram.

Husets parkeringsplats ligger strax utanför och där gick mannen och kvinnan fram till Veronikas Toyota Corolla, för den känner Ulla igen. Sedan såg mannen till att Veronika hjälptes in på passagerarsätet. Mannen satte sig vid ratten och de körde iväg.

Sven Robert satt tyst en stund, sedan tog han över samtalet.

– Det här tätnar ju alltmer kring Bergwall. Vi kanske har fått en utredning om mordförsök på halsen! Vi måste helt enkelt höra med Bergwall och höra om vi får hans fingeravtryck och dessutom topsa honom, så att vi får hans DNA. Men frågan är hur vi går vidare. Han är ju en väldigt hög politiker här i Västerbro. En stor del av allmänheten känner ett stort förtroende för honom. Om vi hamnar snett här ligger vi illa till, i alla fall jag.

Arne Holm inflikade.

– Ja visst, men Sven vi har väl inget val här. Visst kommer det att bli ett jävla liv, men det blir ju ännu värre i så fall om vi är för passiva, för Veronika kan ju kanske vakna ännu mer och plötsligt börja berätta, och vad händer då.

Vi måste misstänka att Bergwall försökt mörda Veronika Laforsen för egen vinnings skull, för hon verkade ha känsliga uppgifter om Bergwalls privatliv. Om de uppgifterna kommer ut, är det absolut kört för Bergwall som politiker. Så att lägga henne på spåret, och får det att se ut som självmord är ju en möjlighet för honom att komma undan. Ett sätt att tysta henne för alltid. Men vi vet ju inte heller hur det gått till det här. Det enda som väl är säkert är att det enbart fanns fotspår som inte tillhörde Veronika vid järnvägsspåret, så en annan man som gjorde ett mordförsök kan det också vara. Därför är det ju viktigt att Bergwall i så fall kan avföras från utredningen. Vi behöver ta in honom!

Sven Robert höll med om att de måste gå vidare med att ringa Bergwall och be honom att komma till polisstationen.

¤

Kapitel 20

Sent på eftermiddagen lyckades Sven Robert nå Mårten Bergwall på regionkansliet.

Sven Robert inledde samtalet harklande då Bergwall svarade;

– Hej, det här är från polisen i Västerbro, kommissarie Robert. Jag hoppas jag inte stör, att du håller på med något brådskande, så att du har tid att prata en stund. Det ärende jag har på hjärtat kan vänta till i morgon i så fall, jag ringer igen då i så fall. Men det gäller Veronika Laforsen, som arbetar som politisk sekreterare för ett av oppositionspartierna i regionen. Hon har sin arbetsplats vid regionens kansli här, så du kanske är hennes högste chef!?

– Ja, hon jobbar här, eller jobbade kanske man kan säga efter det som hänt. Vi vet ju givetvis att hon är inlagd på sjukhuset efter att hon försökt ta livet av sig. Verkligen tråkigt. En trevlig, snäll tjej, även om jag inte delar hennes politiska åsikter på något sätt, så är hon ju en medmänniska. Vi som känner henne här på kansliet, vi förstår ingenting. Hur kunde hon göra som hon gjorde, och vad är det som ligger bakom? svarade Bergwall blixtsnabbt och fortsatte.

– Men vi tror ju att hon kanske kan komma tillbaka, efter att hon fått behandling för sina psykiska problem, för det måste ju finnas psykisk ohälsa i bakgrunden, även om hon inte visat något sådant här. Vi sågs ju ibland under olika möten och inte minst fikaraster. Hon har alltid varit glad och trevlig.

Sven Robert fortsatte samtalet, och försökte använda sig av mer myndig röst.

– Det här ärendet är kanske inte så som du tror och misstänker, utan vi har inom polismyndigheten öppnat upp en förundersökning kring eventuell brottslig handling kring att man fann Veronika Laforsen liggande på ett järnvägsspår en torsdagskväll. Hon är kvar i livet tack vare att tåget till Stockholm den kvällen fick en stoppsignal, som tåget inte brukar få den tiden. Tåget blev stående enbart några meter från Veronika.

Vi har i våra undersökningar funnit att ytterligare person måste ha varit inblandad i den här saken. Och nu har det visat sig att du verkar ha en koppling till Veronika på något sätt just den kvällen, den 25 februari.

– Ja, men vad fan är det här! Vet du inte vem du talar med!? Jag har ju absolut ingenting med Veronikas självmordsförsök att göra! Förresten, spelas vårt samtal in? Bergwall lät nu alltmer irriterad.

– Nej, däremot vill vi att du kommer till vår polisstation under morgondagen, och då spelar vi in samtalet. Dessutom kommer vi att ta ditt fingeravtryck och topsa för DNA, för vi har då i själva verket öppnat en förundersökning för misstänkt mord, svarade Robert.

Bergwall återkom direkt:

– Det här är mer och mer sinnessjukt, ett mardrömsscenario. Och du kan ju glömma att jag kommer till polisstationen i morgon. Bara det faktum att jag kommer till er gör att media kommer att rapportera, utan att man nämner mig givetvis, men folk kommer snabbt att snappa upp det och jag blir dömd av gatans parlament, trots att jag inte har något som helst med detta att göra. Min politiska karriär tar slut, och hela min familj tar skada. Det här kommer du inte att kunna gå vidare med.

Kom ihåg att jag är broder med regionens högste polischef i en Frimurarloge här i stan och medlem i stans Rotaryklubb tillsammans med chefen för åklagarmyndigheten. Det är sällskap, som du enbart kan drömma om att bli medlem i! En släkting är en av landets högsta jurister, så honom ringer jag i kväll.

Robert replikerade.

– Jag tror nog att vi trots det ses i morgon för du vill väl hämta din mobiltelefon, som vi misstänker att du glömde i Veronika lägenhet? Vi har den mobilen i säkert förvar hos oss. Förresten, varför gick du inte tillbaka och hämtade din mobil. Veronikas dörr lämnades olåst!? Och en sak till, röker du, och i så fall vilket märke?

Bergwall var nu alltmer irriterad:

Vad fan har det med saken att göra, men om det är så att du vill veta det, så röker jag, trots att jag vet att jag är högst ansvarig politiker för sjukvården här i regionen. Jag röker Marlboro.

Bägge männen avslutade samtalet utan att säga något mer.

Kapitel 21

Dagen därpå anlände Sven Robert till sin arbetsplats tidigt. Han satt på sin expedition försjunken i tankar framför sin dator. *Det här klarar jag inte själv,* tänkte han för sig själv upprepade gånger. Åklagarkontoret för regionen fanns i samma byggnad som polishuset. Poliser, åklagare, och även andra myndigheter delade samma matsal. I det sammanhanget hade Robert lärt känna fler av de lokala åklagarna.

Om det är någon av åklagarna, som vågar anhålla Bergwall, så är det Berit Björkman. Hon är just en sådan åklagare här i Västerbro, som fortfarande är i karriären. Hon jobbar hela tiden på att få den typen av uppdrag, som innebär ett stort mediaintresse. För då syns hon ju mycket själv, och det är ju vad hon helst vill. Då får hon uppmärksamhet, inte bara inom de egna leden, utan även utåt. Hon är ju dessutom väldigt duktig och skicklig i sitt yrke, så hon vinner ju många mål. Hon misslyckas sällan. Allt det här vet hon om. Hon rider på sin framgång. Hon vet att hon kommer att gå långt i sin karriär. några gånger har hon gått rejält på pumpen, men hon har ett så pass stort förtroendekapital insamlat redan, så det kostar henne ofta i stort sett ingenting.

Hon är säkert den ende som skulle tordas ge sig på Bergwall, tänkte Robert vidare då han ringde till Berit Björkman, och frågade om hon hade tid att komma ned till honom på polisexpeditionen för ett samtal kring en känslig fråga.

In på Sven Roberts expedition kom med snabba, trippande steg, en kvinna i 45-årsåldern. Hon var stor för att vara kvinna. Snarare rejält överviktig. Ett ilsket, burrigt, rött hår stod på ända. Ilsket rödmålade läppar. Rödbrusigt ansikte.

Det var Berit Björkman, som inledde samtalet.

– Hej Sven, vad har du på hjärtat?

– Hej, jo, jag har en känslig sak som vi måste diskutera mellan dig och mig först. Jag har haft ett samtal med regionrådet Bergwall, som är högsta politikern i vår region som du vet. Det var sent i går eftermiddag. Jag tror nog att du eller någon av de andra åklagarna måste titta på det här, sa Robert.

Han redogjorde vad han visste i nuläget kring vad han misstänkte vara ett mordförsök på Veronika Laforsen, begånget av Mårten Bergwall.

– Ok, sa Björkman fundersamt, om du inte har något mer så får du ordna med att ni tar in honom, så samtalar jag med honom. Jag kommer nog att anhålla honom på skälig misstanke att han begått de där brotten.

Sen Robert lät för en gångs skull skärrad och sade.

– Ja, men inser du vad som sker!? Dels blir det ju ett djävla liv, efter att polisen kommer instormande på regionens kansli och ber Bergwall följa med oss hit. För att inte tala om vad som sker i media, om du anhåller honom! Tänk om du har fel! Då blir det väl något av skandal här i Västerbro. Din karriär här i stan ligger väl illa till i så fall!

– Ja visst, men så ser det ju ut! Likhet inför lagen, har vi inte det! Om det var en buse, en uteliggare, eller vem som helst, då skulle han varit inburad för länge sedan. Nejdå, sätt igång, vi har inget val, replikerade Björkman med eftertryck i sin röst.

Kapitel 22

Samma dags eftermiddag kom ett telefonsamtal från sjukhuset i Västerbro som Sven Robert jublade över. Veronika Laforsen hade återkommit till normalt medvetande enligt hennes läkare. På den avdelning Veronika vårdades visste man att polisen var angelägna att prata med henne efter att hon vaknat upp och orkade medverka i ett förhör, som man uttryckte det från polisens sida.

Veronika hade fått veta av överläkaren på avdelningen där hon vårdades att man hittat opioider, en morfinliknande substans, i hennes blod, att polisen skulle dyka upp och att hon om hon ville, hade rätt att en advokat med vid förhöret. Men någon advokat att stödja sig emot ville inte Veronika ha.

Sven Robert tog sig på egen hand till sjukhuset och hittade snart den sjukhussal i vilken Veronika vårdades. Hon låg ensam i ett rum med enbart en säng. De hälsade artigt på varandra.

Sven Robert inledde samtalet och meddelade att deras samtal spelades in, men om det i fortsättningen skulle leda till en rättegång, så var det som framkommer vid en eventuell rättegång som i så fall gäller rent juridiskt.

Robert framhöll att det var två saker han planerade att ta upp. Dels att man hittat en morfinliknande substans i Veronikas blodprov och dels att man funnit henne i ett medvetslöst tillstånd, direkt livshotande på järnvägsspåret utanför Västerbro.

Robert överlät till Veronika att berätta fritt ur hjärtat.

– Jag vet att man hittat en narkotikaklassad substans, en så kallad opioid, hos mig. Och ja, jag har varit beroende av morfinliknande substanser ganska länge nu, det är ganska många år. Åren går så fort. Jag tror att jag skött det här ganska snyggt. Jag har nästan aldrig varit sjukskriven under tiden jag varit anställd av politiken här i Västerbro och jobbat på regionkansliet. Min närmaste chef, Bo Sjövall, han vet inget om det här. Jag tror inte han misstänker något heller.

Däremot vet Sjövall om att jag ibland kan få väldigt svåra dippar i mitt psyke. Ofta sitter det enbart i några dagar. Det är ofta kopplat till ångest, och då kan jag få en dödsönskan.

Jag förstår att du vill veta vad som låg bakom att man hittade mig på järnvägsspåret. Personal här på avdelningen har berättat hur det såg ut. Jag är evigt tacksam i dag att tåget hann stanna vid en stoppsignal, för i dag mår jag bra. Tåget brukar inte stanna där har man sagt, utan något måste ha hänt längre fram på spåret, som gjorde att tåget stannade. Annars hade jag inte varit kvar här förstås, och du hade gjort något annat just nu.

Min kropp hade massakrerats och det som var kvar förvandlat till aska, men min själ? Jag tror faktiskt att vi har en själ. Har du hört att man minskar i vikt cirka ett hekto strax efter själva dödsögonblicket, alltså väger själen ett hekto, och sedan försvinner den någon annan stans. Själen kanske befinner sig i den energi vi har inom oss, som gör att vi lever. Energin är ju oförstörbar, jag tror det var Einstein som sa det. Alltså dyker själen upp hos någon annan då man dör.

Men den dagen då det här hände då mådde jag jättedåligt, jag befann mig i ett djup mörkt hål tyckte jag, jag kände mig samtidigt usel som människa. Jag kan få någon period per år då jag känner så här. Det brukar vara då jag haft ont om någon typ av morfin några dagar, det handlar nog om abstinens kanske. Men inte bara det. Jag hade den här typen av perioder tidigare under nyktra perioder.

Jag kunde vara utan narkotika under några år ibland. Tack och lov sitter dom här perioderna i enbart några dagar. Sedan går det över lika snabbt som det kommer över en och jag mår bra igen.

Jag sökte en psykiatriker en gång för flera år sedan och frågade vad hon tyckte. Hon sa att det var en plötslig djup depression, som egentligen alla kan drabbas av ibland utan att någonting hänt i ens liv som orsakar detta. Något med en substans i hjärnan fungerar inte alls under några dagar, serotonin har jag för mig att hon sa att det heter.

Men psykiatrikern sa att eftersom det enbart pågick några dagar, skulle jag avvakta med medicin, och se tiden an. Om det blev sämre skulle jag återkomma.

Nu har dom här perioderna återkommit oftare, och så här i backspegeln borde jag ha insett, att jag skulle ha sökt hjälp tidigare och fått utskrivet någon typ av medicin som är förebyggande mot depression och hjälp med att komma till rätta med missbruket. Jag har läst om att det finns den typen av medicin.

Sven Robert ville få Veronika att prata om torsdagskvällen, då hon hittades på järnvägsspåret genom att fråga.

– Men hur var det den där kvällen då allt det här hände som gör att du ligger här i sjukhussängen? Som du vet har vi startat en polisutredning kring dig eftersom vi misstänkte narkotikainnehav, som du nyss erkände. Därför har vi gjort en del undersökningar, under den tid du legat medvetslös här på sjukhuset.

Vi har ju haft tillgång till din mobiltelefon och hemdator. Vi har tittat igenom bägge dom föremålen. Vi har gjort en husrannsakan där vi hämtade din hemdator. Vi hittade en mobil som inte tillhör dig i lägenheten. Vi har pratat med flera av dina grannar.

Allt det vi fått fram tyder på att du fick besök av en man
på kvällen allt det här hände, och vi misstänker att en man
burit fram dig till järnvägsspåret och lagt dig där. Du var
förmodligen redan medvetslös då, eftersom du var medvetslös
då tågpersonalen kom fram till dig. Berätta vad du minns
om den saken!

Veronika satt stilla i sjukhussängen, med benen stödda mot
golvet. Det tog litet mer tid än vanligt innan hon svarade.

– Ja, det var Mårten Bergwall, regionrådet, som kom hem
till mig den kvällen. Jag förstår att du läst mina mejl till ho-
nom, där jag meddelar att jag hade satt upp en filmkamera
på hans hotellrum, för att kunna filma den sista natten under
februari, som vi hade på hotell Knallhatten. Vi hade en kon-
ferens där om bl a framtidsplaner för regionen, och vi pratade
om hur vi skulle jobba vidare med covid-19.

Bergwall pratade hela tiden med oss om att hålla avstånd
utanför familjen, och vi var ju ordentliga i det under konfe-
rensdagarna. Som högste politiker för sjukvården i regionen
hade han ju ofta varit ute i media och pratat om detta med
avstånd.

Jag var ju väldigt arg och besviken på Bergwall, för han
var totalt ointresserad av att förbättra vården för missbrukare
här i regionen, så därför ville jag på något sätt få hållhake på
honom, och få honom att ändra sin syn på missbruksvården.

Jag hade sett regionpolitikern Marianne Pettersson komma
ut ur hans hotellrum natten innan, därför tänkte jag, att om
jag skriver att det «fanns en film sparad från den sista natten
på hotellet, då han hade Marianne hos sig på hotellrummet».
Det fanns det ju en chans att Marianne kom till honom även
den sista natten på hotellet.

Det var ju givetvis en grov chansning allt det där. För nå-
gon kamera fanns inte, det hade jag ju inte haft en chans att

kunna fixa. Men lockbetet fungerade, så han ringde mig och då bad jag honom att komma över till mig. Han sa i telefonen att han kände att han var utsatt för utpressning, men att vi kanske kunde komma överens om något som jag var ute efter, i utbyte mot att filmen förstördes.

Där fanns ju mycket som var satt i spel för honom, dels hans äktenskap och dels trovärdighet i hans hållning vad gäller avstånd till personer utanför den närmaste familjen i den pågående pandemin. Bergwall skulle vara slut som politiker, om det som jag ljög om kom ut. Det var ju ett avslöjande för honom att han hörde av sig och ville tala om filmen, som ju egentligen inte fanns.

– Det gick sedan några timmar efter Bergwalls telefonkontakt, och under de få timmarna kände jag att ångesten kröp in i mig och jag såg bara ett mörker, en avgrund. Jag hade ju upplevt det tidigare i livet, så jag visste att mina svåra känslor kunde gå över på några få dagar, eller ibland veckor. Som nu.

Nu känner jag mig helt normal igen. Men då, min ångest och mörka känslor kändes enbart totalt hopplösa att bli av med. Jag ville bara dö så fort som möjligt och så säkert som möjligt. Jag såg ingen annan lösning på min situation.

När Bergwall kommit innanför dörren, såg jag att han såg skärrad och likblek ut. Han stod innanför dörren helt tyst. Han sa inte ett ljud utan han väntade på att jag skulle säga något, och det jag sa var nog inte vad han hade förväntat sig. Jag tror att han trodde att jag skulle inleda samtalet med att prata om filmen, som om den tagits varit så besvärlig för honom. Alla visste ju att han var gift och förespråkare kring stränga restriktioner under pandemin.

Men jag började direkt att tala om något helt annat. Jag mådde ju så uruselt. Jag kände mig som en totalt värdelös människa. Jag sa att jag var bara till besvär för andra människor, att jag förstörde mina närståendes liv. Jag upplevde att jag inte hade rätt att leva, och att det bästa för mig själv och alla andra var att jag lämnade livet så fort som möjligt.

Nu i dag förstår jag att jag ramlat ned i en djup depression, men det förstod jag ju inte den dagen, det var mitt känsloliv som var kaotiskt, det blockerade mitt förstånd. Det talade en psykiatriker om för mig, som jag träffade i går.

Sven Robert flikade in.

Orkar du prata mer, eller skall jag återkomma i morgon hur det blev sedan!?

– Ja, nu vill jag berätta det här en gång för alla, sedan vill jag gå vidare i livet, sa Veronika och fortsatte prata.

– Det var jag som styrde det här hela tiden, för jag förstår att det som hände sedan kan vara något ni från polisens sida vill veta, om vad som hände sedan? Jo, jag sa till Bergwall, att jag absolut ville dö så fort som möjligt, och jag hade tänkt ut att jag ville bli överkörd av tåget.

Jag sa, att jag har tabletter hemma, som jag skulle kunna ta en stor dos av hemma och en dos när vi kom fram med min bil närmare järnvägsspåret, men att det brukar inte räcka för att försvinna från den här planeten, så jag sa att jag ville att Bergwall skull bära mig fram till spåret och lägga mig där, när jag hade somnat. Eller förlorat medvetande är nog en bättre beskrivning. Så det var det som skedde. Bergwall körde min bil. Sedan minns jag inget mer. Att tåget stannade alldeles strax före mig för ovanlighetens skull har man berättat för mig.

Det var tydligen inte meningen att jag skulle lyckas med mitt uppsåt, och det är jag evigt tacksam för nu.

Sven Robert lyssnade uppmärksamt och återkom med en fråga.

– Men minns du om Bergwall frågade om filmen han var intresserad av att få tag i och försökte han aldrig att övertala dig att inte göra självmordsförsöket, eller att han föreslog att ni skulle åka till psykakuten i stället!?

– Nej, det minns jag bestämt, och det skedde inte, sa Veronika och fortsatte,

– för jag tycker att jag minns allt innan jag tog tabletterna i bilen och sedan tuppade av, och det var ju det jag ville. Men jag förstår att man kanske kan tycka att Bergwall skulle ha gjort helt annorlunda, som att ha kört till psyket i stället, men jag förstår att du som polis inte får komma med några egna värderingar just nu.

Bergwall påminner väl kanske om Fursten, som den italienske filosofen Machiavelli skrev om för mer än 500 år sedan. Machiavelli hävdade i sin skrift att en furste inte får ta moraliska hänsyn, om han skall behålla sin makt. Tiderna har förändrats, men mänskligheten har inte förändrats ett dugg! Men hans högmod kommer att gå före hans fall!

– Hur tänker du nu frågade Robert med förvåning:

– Jo, för min det är det inte slut med det här. Att jag fick leva måste betyda något, och vad jag bestämt mig för, det är att absolut sluta med droger. Det är ju ganska lätt att säga i dag kanske, för tiden på sjukhuset här innan jag kvicknade till har gett mig en samtidig avgiftning och nu har jag även bra tid att planera mitt fortsatta liv. Jag känner heller inte något sug efter morfin längre. Men jag känner mig taggad att fortsätta göra något för missbruksvården här i regionen, som är under all kritik, och Bergwall är den politiker som är högst ansvarig.

Men jag har tänkt att jag undviker honom så mycket jag kan, när jag börjar jobbet nästa vecka. Jag kanske måste vara med på vissa möten han ordnar med, men hans fikatider känner jag till. Då kommer jag att fika på andra tider, och aldrig sätta mig vid hans bord i matsalen.

Men bara det faktum att jag fortfarande lever och finns i hans närhet gör att han kommer att vara jätteskraj att jag återkommer kring det jag vet om honom och hans relation till Marianne Pettersson. Att det inte finns någon filmning från hans hotellvistelse, det vet han ju inte, och det kanske han aldrig kommer att få veta heller.

Sven Robert upplevde att samtalet med Veronika började lida mot sitt slut. Han stängde av inspelandet av samtalet och sa att han skulle tala med åklagare på åklagarmyndigheten och föreslå att förundersökningen kring eventuellt mordförsök på Veronika avslutades, eftersom självmordsförsök och medhjälp till självmordsförsök inte vara straffbart skulle det ärendet inte kunna leda till åtal.

– Passivitet vid en utsatt människas situation exempelvis och att inte forsla en psykisk sjuk person till psykakuten är heller inte något man kan lagföra, fortsatte Robert.

– men Veronika, ditt narkotikainnehav är något vi för vidare till tingsrätten, och det kan eventuellt bli flera förhör. I vilket fall blir det en tingsrättsförhandling, men du riskerar nog inte annat straff än dagsböter, eftersom du inte är straffad tidigare.

Därefter sa Veronika att hon började känna sig trött. Sven Robert avslutade därför mötet genom att säga.

– Veronika, jag tror att du har en väldig potential och ork i ditt fortsatta liv! Lycka till!

Kapitel 23

Enbart några få dagar efter utskrivningen från sjukhuset var Veronika tillbaka på sin arbetsplats, region Mellersta Götalands kansli. Veronika hade bestämt sig för att vara helt öppen med sin historia kring missbruket, sin psykiska ohälsa och självmordsförsöket. Hon hade förberett sig noga genom att sända en mejl med en inbjudan till gemensam fikarast under en förmiddag för de tjänstepersoner och regionpolitiker på kansliet som hon kände litet mer personligen och dem hon kände förtroende för.

Mårten Bergwall fick ingen inbjudan. Om Veronika mötte Mårten Bergwall i någon av kansliets korridorer, vände hon om och gick bakåt. Hon gjorde allt hon kunde för att inte möta Bergwall i något sammanhang.

Veronika skrev i sin inbjudan att *dels vill jag bjuda alla på tårta och dessutom vill jag berätta för er hur det har varit för mig under den sista tiden och även längre tillbaka i tiden, för jag förstår att det gått en del rykten, så jag känner att det är bättre att jag berättar hur jag själv upplever min situation.*

Under den planerade fikarasten på kansliet reste sig Veronika upp och berättade fritt ur hjärtat allt som berörde hennes missbruk genom livet, de psykiatriska problemen, och omständigheterna kring självmordsförsöket. Hon berättade att hon startat en Facebook-grupp med namnet «Förbättra vården för narkotikaberoende», en öppen grupp för alla som var engagerade i problemen kring beroende av olika typer av droger inklusive alkohol.

Matberoende och spelberoende var också ett angeläget ämne tyckte Veronika, men fokus i just den här gruppen var narkotikaklassade ämnen och alkohol. Veronika meddelade också att hon samma dag tänkte sända ett meddelade till Västerbro-kuriren och nättidningen Västerbronytt och erbjuda intervjuer kring det som hänt. Jag vill göra allt jag kan nu, för att sona det jag gjort, och för att försöka hjälpa andra att inte komma i samma situation, menade Veronika.

När Veronika hade berättat hur självmordsförsöket gick till fick hon en fråga om hon hade någon medhjälpare, för ortstidningen hade ju rapporterat att man funnit henne i ett medvetslöst tillstånd på järnvägsspåret, varför *«polisen inte kunde utesluta brott, och självmord är ju inget brott».*

Veronika svarade då, *«att hon var själv, och att hon tog ett stort antal morfinliknande tabletter strax innan hon lade sig tillrätta på spåret, och därefter minns hon ingenting förrän hon började vakna upp på sjukhuset».*

¤

Därefter kom inga fler frågor från de som var församlade den gången. På eftermiddagen var Veronika inte med under fikarasten, däremot fanns Socialliberalernas politiske sekreterare, Elsa Berg, med på mötet. Elsa, som var född och uppvuxen i Västerbro, hade varit engagerad i sitt parti sedan ungdomsåren. Nu hade hon uppnått en politisk tjänst som sekreterare åt Mårten Bergwalls parti, efter att ha varit partiet trogen i över trettio år.

Elsa Berg pratade högt, hon var en dominant person som älskade att höras, och nu pratade hon högt så att de tiotal personerna som var församlade hörde henne.

– Jag förstår inte varför Veronika vek ut sig på det där sättet i förmiddags, hon brukar ju vara ganska tystlåten och försynt i vanliga fall. Hon verkar ha genomgått en personlighetsförändring efter självmordsförsöket, och att hon påstår att hon slutat knarka. Det är bara något knarkarna kör med en kort tid, för ganska snart har dom trillat dit i sitt missbruk igen. Om Veronika återfaller, så kan hon absolut inte vara kvar här i regionen.

Hon verkar tro att hon är något, en speciellt intressant person här i Västerbro. Hon skall inte tro att hon kan lära oss något om psykisk ohälsa och missbruksproblem.

Kajsa Boberg, politisk sekreterare i Blå höger avbröt Elsa genom att säga:

– Det är typiskt att det kommer från dig Elsa, du som är född och uppvuxen på den här bruksorten, som ju har anor sedan medeltiden. Du pratar ju som om du läser innantill i Sandemoses bok om Jante, där han beskriver en liten stad på Jylland, där människorna var avundsjuka och missundsamma mot dem som sticker ut och kanske vill något i livet! Nej, överdrivet generös det har du ju aldrig varit någonsin!

Elsa Berg svarade inte och ingen annan heller. Fikarasten fortskred i tysthet.

Kapitel 24

Under den kommande månaden hände inte så mycket vid regionens kansli eller inom politiken. Inga utspel. Några kontakter mellan Veronika Laforsen och Mårten Bergwall förekom inte förrän nu, en måndag i slutet av april.

Bergwall hade kallat ihop ett möte för de anställda och politiskt förtroendevalda vid kansliet. Media var även inbjudna. Veronika gick till mötet, och satte sig längst bak i mötesrummet, stor som en biosalong. Bergwall sökte efter Veronikas blick, när han äntrat scenen, men Veronika tittade demonstrativt inte tillbaka.

Bergwall var den som förde talan bland annat genom att han ofta läste innantill i ett dokument han hade framför sig. Man fick en känsla av att han läste texten ur en bok:

– Jag hälsar samtliga välkomna hit till ett möte som jag och mitt parti håller i. Ni vet förstås redan att Socialliberalerna är det största politiska partiet här i regionen. Om ett år är det val på nytt, men vi vill meddela att vi redan nu kommer att jobba för att förbättra en sektor, som vi tycker fungera bra idag, men vi behöver ändå förbättra, och det gäller vården av patienter med beroende, eller missbrukare i dagligt tal. Vissa kallar dem ofta även för knarkare.

Vi vet inom vår förvaltning att det finns fler människor med missbruksproblem inom vår region än de flesta av våra vanliga medborgare anar. De flesta med beroendeproblematik är unga, men det finns även de som nått över åttio års ålder, trots mångårig överförbrukning av alkohol, vilket snarare reducerar livslängden. Att några lever till hög ålder trots ett missbruk, är något vi mest ser hos alkoholister, eftersom de med beroende av exempelvis morfin och amfetamin brukar avlida av överdoser betydligt tidigare i livet, vilket då även är tragiskt för eventuell familj med kanske mindre barn.

Dessvärre är det ju så också att många yngre narkomaner börjar med cannabis redan i skolan, kanske vid tretton års ålder. Är det då exempelvis en tjej, så kanske hon träffar en yngling som använder heroin intravenöst, och tjejen kanske blir gravid före femton års ålder. Hon kanske inte går ut nian, utan hamnar ute i livet utan utbildning, som en karusell med sociala problem för många parter som snurrar igång.

Alla dessa medicinska och sociala problem som drabbar individen och närstående, påverkar sedan samhället i stort. För att finansiera sitt missbruk tvingas den drabbade individen att begå brott, exempelvis stölder som att snatta i butiker för vidareförsäljning i nästa led till ett lägre pris, för det handlar ju då om häleri. Olika typ av rån och bedrägerier mot äldre människor ser man ofta att det är narkomaner som ligger bakom, som är i desperat behov av pengar.

När det då gäller pengar finns det en omfattande illegal försäljningsverksamhet i landet och även i vår region givetvis. Försäljningen ombesörjs då ofta av kriminella gäng, som hamnar i luven på varandra exempelvis på grund av uteblivna betalningar mellan gängen. Då tar de tyvärr ofta till vapenmakt för att göra upp. Dödande ökar ju i vårt samhälle som ni vet, och det sker ofta på öppen gata, så helt oskyldiga människor dessutom kan dödas av misstag. Så sammantaget leder beroendeproblematiken till oerhörda, gigantiska problem i landet, och även här hos oss.

Men det finns ett stort hopp om förbättringar på det här området. Inom region Mellersta Götaland har vi redan kommit långt med att erbjuda vård till drogberoende människor, vi har exempelvis en mycket bra fungerade avgiftningsenhet och centrum för beroende här vid sjukhuset i Västerbro.

Men vi slår oss inte till ro med det, utan vi vill bygga ut beroendevården i länet, genom att vi startar en ändå större enhet för behandling av beroendeproblematik vid sjukhuset i Berglindet. Vi hade tänkt oss att patienter från hela landet dessutom skulle kunna söka sig dit.

På tal om det så är det enbart en liten del av förstärkningen av Berglindets sjukhus som kommer att ske, i takt med att vi även vill utöka och förstärka kirurgin där uppe.

Därmed var Bergwall klar med sitt anförande. Han tittade nöjt omkring sig för att se eventuella reaktioner från de som lyssnat på honom. Han väntade på eventuella frågor från de journalister som fanns i lokalen.

Veronika däremot, hon reste sig upp, och log ett brett leende medan hon med snabba steg lämnade mötesrummet.